周裕锴 著

禅詩精賞

復旦大學出版社

卷首寄语

禅与诗两种文化现象上千年的交流融合,不知冲开了多少禅师的智慧之门,开启了多少诗人的性灵之窗,凝聚成多少莹澈玲珑的艺术精品。在沉静的观照下,在活泼的体验中,在出神入化的冥想里,在豁然贯通的顿悟后,于是,诗坛便有了"空山无人,水流花开"的禅境,有了"如人饮水,冷暖自知"的禅悦,有了"横说竖说,了无剩语"的禅机,有了"不著一字,尽得风流"的禅趣。凡此种种,我们都可以称之为禅诗。

禅诗的世界,是何等精微玄妙的世界啊!圆转入神,空灵缥缈,蝉蜕蝶化,鸢飞鱼跃,无论是尊者的棒喝,还是诗人的吟唱,都让人玩味不尽,或惊愕,或沉醉,或惆怅,或喜悦,那种感受,真是"悠然心会,妙处难与君说"(张孝祥语),"口不能言,心下快活自省"(黄庭坚语)。那一条条通幽的曲径,诱惑着我们去品鉴禅房中的树影花姿。正因如此,我才冒着"说似一物即不中"的危险，强作"知解宗徒"，写下这一本《禅诗精赏》。

依禅家宗旨，胜义妙谛形诸文字，便落入了"第二义"，堕入魔障，当吃三十大棒。好在诗家有"诗无达诂"的挡箭牌，有"仁者见之谓之仁，知者见之谓之知"的后盾，以及有现代西方阐释学和接受美学的他山之石，因而我便可以站在诗家的立场上来作一番"创造性的误读"。郢书燕说也好，佛头着粪也好，读者切勿执着于此，直视本书为"拭疮疣纸"亦可。倘若读者能从中得到几分人生智慧和审美享受，暂时忘却红尘中的烦恼和焦虑，也就算我做了一点功德事。

禅诗中的佳作，何止上千。本书赏析的一百首，不过是尝鼎一脔而已，更多的诗禅金矿，等待聪明的读者去开采。

目　录

深林返景 / 2

薄暮空潭 / 4

水穷云起 / 7

山空鸟鸣 / 10

渔歌入浦 / 13

木末芙蓉 / 16

对境证禅 / 20

尘外道心 / 23

钟声白云 / 26

招提清境 / 29

东林宴坐 / 33

曲径通幽 / 36

身与波月 / 39

落花流水 / 44

溪花禅意 / 47

清磬闲云 / 50

月夜闻钟 / 53

水激石鸣 / 56

雾沐青松 / 59

寒江独钓 / 62

本来无物 / 66

菩提么长 / 69

寒林枯木 / 72

桃花悟道 / 75

浮云日闲 / 78

过水睹影 / 81

幻质空尘 / 84

吾躯即佛 / 87

云天水瓶 / 91

舟载明月 / 94

孤峰顶上	96	雪夜寒岩	166
寒山乐道	98	修竹尊者	170
水流月落	102	华亭落照	174
钟声夕阳	106	透纸寻光	177
花红知空	110	一片田地	180
日在居西	113	苍鹰擒兔	184
林下商量	116	枝头梅花	188
石上看山	119	林下风流	191
声贵里空	122	夜宿芦花	193
百尺竿头	125	溪源上流	197
傀儡无根	128	梦觉莺啼	200
鼓笛浮生	132	茗香诗禅	202
指上琴声	135	汤泉洗垢	206
雪泥鸿爪	137	本无寒温	208
搯鼻参禅	140	溪声山色	210
药石同空	144	庐山真面	214
翠盖红妆	148	长鬣无措	218
随俗婵娟	151	借禅为诙	222
中岩禅境	154	肌骨风流	228
立雪江西	157	镜前痴语	232
宋地闲僧	160	笙歌丛里	235
禅心泥絮	163	停针不语	237

楼子闻曲 / 241
色见声求 / 245
美色髑髅 / 248
白骨美人 / 251
流水天涯 / 254
丹青真妄 / 259
观鱼畏影 / 262
崎岖可笑 / 265
身如馆舍 / 269
无身无疾 / 272
云忙僧闲 / 275
庵含法界 / 278
林间黑甜 / 281

痛处着鞭 / 284
松风江月 / 288
佳人玉笛 / 291
石床安眠 / 295
不涉丝机 / 299
通身是口 / 302
大千一镜 / 305
犹在半途 / 308
白牛难觅 / 311
玉屑落眼 / 314
重罗打透 / 318
网迷活路 / 321
普门胜境 / 324

禅诗精赏

深林返景

鹿　柴

王　维

空山不见人，但闻人语响。
返景入深林，复照青苔上。

——《王右丞集笺注》卷十三

王维（701—761），字摩诘。他的名字取自佛经中的一个重要人物——维摩诘居士。王维与禅宗的南北二宗都有很深的关系。他代为北宗舜阇黎写过《谢御题大通大照和尚塔额表》，大通就是北宗的六祖神秀，大照就是北宗七祖普寂。他后来又受神会之托为南宗六祖慧能撰写了一篇《能禅师碑》。禅宗的思维方式和人生哲学在他的诗中打下深深的烙印。清代王士禛称赞王维的《辋川绝句》"字字入禅"，而其中《鹿柴》这首诗禅意尤浓。

这首诗写的是诗人在黄昏时分独坐于空山密林中的

瞬间感受。整个境界是那么静幽淡雅，散发出一股清气，似乎一切喧嚣和热闹在这里都消失于无边的空寂之中。值得注意的是，诗人为了表现深山静景，却偏要写偶尔可闻却不见其人的话语，点缀一抹深林返影微淡的光彩，用声音和光影来突出空山的静谧幽深。这种写法固然可以用动静相形、喧寂相衬和光色相配的艺术辩证法来解释，但是诗人的感受不止于此。这"人语"在空山无人的背景里若真若幻，跫然而响，杳然而逝，是寂中之音，空中之音；这"返景（影）"是夕阳透过深林的反光，若有若无，闪烁明灭，如海市蜃楼，镜花水月。诗人选用"响"和"景（影）"二字大有深意，《大品般若经》中著名的"大乘十喻"就有诸法"如响""如影"二喻，这恐怕不是偶合。

　　清人徐增《而庵诗话》称"摩诘精大雄氏（即佛陀）之学，篇章词句，皆合圣教"，指出王维诗暗含佛学思想的特征。因此可以这样说，这首诗的用意不只是为了显示晚山的空灵景致，而且着力于暗示这些声响光影，不过都是不可扪摸、转瞬即逝的幻觉，这与禅宗尊奉的《金刚般若经》所谓"凡所有相，皆是虚妄"合若符契。当人语的回响沉寂于空山之后，当返影的光彩消融于青苔之上，一切又归于静止和寂灭，这才是永恒。

薄暮空潭

过香积寺

王 维

不知香积寺,数里入云峰。
古木无人径,深山何处钟?
泉声咽危石,日色冷青松。
薄暮空潭曲,安禅制毒龙。

——《王右丞集笺注》卷七

香积寺寺名取自《维摩诘经》,是说上方界有国名众香,佛号香积,一切皆以香作楼阁,苑园皆香。寺名如此,当为佛教胜地。

这首诗写了游香积寺的全过程。诗人曾闻香积寺之名,却不知究竟在山中何处,唯见峰峦入云,渺不可测。及至身行在古木葱茏的深山里,方惊讶这人迹罕至之处,竟传出杳杳钟声。流泉为高险的山石所阻,鸣声幽咽;日光因苍郁的松林所衬,而色调清冷。深潭本为毒龙的窟宅，现已空无所有，想必是毒龙已被坐禅的高僧所制服。

从表层语义上看，这首诗是写一次寻访古寺的经历，所以近人俞陛云《诗境浅说》曰："常建过破山寺，咏寺中静趣，此诗咏寺外幽景，皆不从本寺落笔。游山寺者，可知所着想矣。"然而，仅将此诗视为写景杰作，尚嫌肤浅。从深层语义上看，古寺象征着佛土禅境，寻访古寺的过程就意味着一次参禅悟道的过程。诗的前四句暗示由愚迷到觉悟。"入云峰""无人径"写出不知寺（禅境）之所在的迷惑，也就是禅师们常说的"一片白云横谷口，几多归鸟尽迷巢"。而深山钟声则如当头棒喝，令人发深省，寺在何处，道在何处，不言而喻。

后四句进一步写出诗人在静穆的观照中达到禅悟的极境。泉声咽而不响，日光冷而不热，人之心亦共流泉斜日归并于石之肃穆，松之冷寂。此时，人未至寺院，心灵已在山光水色中得到净化升华。因而，当诗人在苍茫暮色里来到寺外空潭边宴坐安禅时，心中一切杂念妄想消除殆尽，如潭水般空明纯净。"毒龙"的典故，出自《涅槃经》："但我住处有一毒龙，其性暴急，恐相危害。"毒龙比喻妄想之心。则安禅所制服的毒龙，既指在深潭中危害的毒龙，也双关人心中烦恼欲望诸杂念的毒龙。

这首诗不仅以形象呈现禅境,而且在艺术上巧夺天工。尤其是中间两联,被清末吴汝纶称为"幽微夐邈,最是王、孟得意神境"(高步瀛《唐宋诗举要》卷四引)。"古木无人径,深山何处钟"二句,给人径路绝而风云通的感觉,不经意道出,而自然浑成。"泉声咽危石,日色冷青松"二句,写喧中之寂,暖中之寒,有反常合道的奇趣,并暗合现代音乐和绘画的美学原则。

水穷云起

终 南 别 业

王 维

中岁颇好道,晚家南山陲。
兴来每独往,胜事空自知。
行到水穷处,坐看云起时。
偶然值林叟,谈笑无还期。

——《王右丞集笺注》卷三

如果说王维中年学佛主要醉心于北宗的安禅宴坐的话,那么到了晚年却更多地接受了南宗禅无住无念、任运随缘的宗旨。这首诗抒写了晚岁隐居终南山的闲适心情,表现出诗人兴来独往、行无所事的禅悦。

清人徐增在《唐诗解读》卷五中对此诗作过极透辟的分析,姑且转引如下,以飨读者:"右丞中岁学佛,故云好道。晚岁结庐于终南山之陲以养静。既家于此,有兴每独往。独往,是善游山水人妙诀。随己之意,只管行去。行到水穷,去不得处,我亦便止。倘有云起,我即坐而看云之起。坐久当还,偶遇林叟,便与谈论山间水边之事,相与留连,则便不能以定还期矣。于佛法看来,总是个无我,行无所事,行到处便是大死,坐看是得活,偶然是任运。此真好道人行履,谓之好道不虚也。"也就是说,王维在诗中表现出来的自然适意的行为方式,与南宗禅奉行的佛法如出一辙,所谓"行无所事"正如临济义玄禅师语录所云"要行即行,要坐即坐"(《古尊宿语录》卷四)。

这首诗在历代都受到高度评价,宋人苏庠曰:"此诗造意之妙,至与造物相表里,岂直诗中有画哉?观其诗,知其蝉蜕尘埃之中,浮游万物之表者也。"(《苕溪渔隐丛话前集》卷十七)从诗情画意中,拈出诗人超然物外之意,不为无见。清人沈德潜曰:"行无所事,一片化机,末语'无还期',谓不定还期也。"(《唐诗别裁集》卷九)如徐增一样从佛法禅理悟入,更具慧眼。

这首诗最值得注意的是"行到水穷处,坐看云起时"一联,难怪唐宋禅师在接引学人、勘辨来者之际,常常称引,原来正是有得于其中玄妙的禅机。这两句诗不光表现出"随己之意,只管行去"的任运随缘的无心行为,还暗寓着随遇皆道、触处可悟的参禅方式,暗寓着始于追根穷源的寻思、终于心行路绝的默照的悟道过程。追寻真理之源，直到山穷水尽之处，无路可走之处，这就是禅宗所谓"大死一番"；正因在此时无路可走，放却追寻之心，不妨休歇，才顿然觉得智慧之云慢慢在心中升起，这就是禅宗所谓"死中得活"。所以，有和尚问："向上一路，千圣不传，未审如何是向上一路？"泐潭文准禅师答曰："行到水穷处，坐看云起时。"（《五灯会元》卷十七）把它作为悟道的"向上一路"的隐喻。

这两句所使用的行云流水的意象，正如唐诗人戴叔伦所说："云闲虚我心，水清澹吾味。"（《古意》）是禅家澹泊清净的生活与闲散自由的心境的象征。这两句还体现了禅宗的时空观。第一句用"处"字把行到水源的时间过程空间化了，第二句用"时"字把诗人与云之间的空间关系时间化了。这就是禅宗说的"所谓有时，时已是有，有皆是时也"（道元禅师语），即时间就是空间的存在（"有"），空间的存在都是时间（"时"）。这样，瞬间变成了永恒。

由于这首诗意味深长的禅趣是通过形象表现出来的，不离感性又超越感性，因而格外空灵蕴藉，令人涵泳不尽。

山空鸟鸣

鸟 鸣 涧

王 维

人闲桂花落,夜静春山空。
月出惊山鸟,时鸣春涧中。

——《王右丞集笺注》卷十三

王维的诗特别善于描写空山静夜中的轻动微响,如"雨中山果落,灯下草虫鸣""深林人不知,明月来相照""空山不见人,但闻人语响""明月松间照,清泉石上流",等等。而这首《鸟鸣涧》更以极为宁静的背景下的几声鸟语营造了一个充满禅意诗情的境界。

这是一个闲散无事之人眼中的世界,空旷山林中的桂树,在万籁无声的静夜飘坠几片花瓣,明月穿破云层,清辉洒落疏林,惊醒枝头的栖鸟,几声清脆的鸟鸣在山涧中回响。这究竟是动还是静?是喧还是寂?如果说是动的话,那么,不把心与境一同沉入深深的静,如何能体验得到桂花的飘落？如果说是喧，那么，鸟鸣空谷就不应该产生如此"夜静春山空"的感觉。白居易《琵琶行》有"此时无声胜有声"的说法，而王维描写的此情此景，却是"此时有声胜无声"。正是几声鸟语才表达了比无声更沉静的意境。如果说它是静吧，那无言的月出、无声的月光竟至惊醒沉睡的山鸟，一"惊"字，又该是怎样一种激烈的动和喧？动静相形，喧寂相衬，这就是诗人从禅宗那里借鉴来的艺术辩证法。正如宗白华先生所说："禅是动中的极静，也是静中的极动，寂而常照，照而常寂，动静不二，直探生命的本原。静穆的观照和飞跃的生命构成艺术的两元，也是'禅'的心灵状态。"（《美学散步》）同时，动静相形也是宴坐静观的"禅"所必然带来的艺术思维方式。

诗中的"人闲"是指诗人之闲，因闲而远离尘嚣，超越功利，进入一种安宁而绝不激动的心灵状态，也就是禅宗的"寂照"状态。此时，诗人的心虚静如空谷，澄澈如空潭，所谓"静故了群动，空故纳万境"，因而捕捉到大千世界的极细微的动静喧寂。值得注意的是，尽管诗中写了鸟的惊动和鸣叫，但给人的感觉仍是"动中的极静"，难怪明人胡应麟称此诗，"读之身世两忘，万念皆寂"（《诗薮》内编卷六）。

顺便指出，诗中的"桂花"因在春景中出现历来使人们感到困惑,有人认为这是诗人的败笔,有人考证有一种桂树春季开花。其实,如果站在禅学的立场来看,这不过是诗人的"妙观逸想"而已,和他的"雪中芭蕉"一样,借春天的桂花来表明超时空的万法平等的禅理。沈括《梦溪笔谈》指出:"王维画物多不问四时,如画花,往往以桃、杏、芙蓉、莲花同画一景。予家所藏摩诘画《袁安卧雪图》,有雪中芭蕉。此乃得心应手,意到便成,故造理入神,迥得天意。"

渔歌入浦

酬张少府

王 维

晚年惟好静，万事不关心。
自顾无长策，空知返旧林。
松风吹解带，山月照弹琴。
君问穷通理，渔歌入浦深。

——《王右丞集笺注》卷七

据《旧唐书》本传，王维晚年完全淡出政治舞台，吃斋奉佛。在蓝田买得初唐诗人宋之问遗下的别墅，其地在辋口，辋川环绕房舍，水涨竹洲花坞的时候，他就与道友裴迪浮舟往来，弹琴赋诗，啸咏终日。

王维这首诗酬答友人张少府，便叙说了自己晚年的生活和心情。这是一种禅意的栖居，摆脱人世间烦恼的万事，追求心灵安宁寂静的状态。虽然颔联的"自顾"和"空知"似乎带有几分自嘲和无奈的口吻，但一方面这是面对官员友人为自己"惟好静"行为的辩解,另一方面这种自嘲和无奈已被全诗任运无心的基调大大淡化,而"返旧林"三字更多地使人联想到如陶渊明《归园田居》中"羁鸟恋旧林,池鱼思故渊"一般解脱后的欣悦。

接下来的颈联,则更将禅意的栖居转化为一种诗意的栖居。随清风吹拂,解开飘逸的衣带,何等快哉乐哉!在明月的照映下,弹奏几曲优雅的琴操,何等幽然萧然!风是松风,月是山月,表明这是远离人世的自然山林,诗人在此中终于获得行为和心灵的自由无碍。任风吹带,就月鸣琴,虽不如后来临济义玄禅师那种"屙屎送尿,着衣吃饭,困来即卧"的生活态度那么朴实真率,但多少与《坛经》所言"无动无静,无生无灭,无去无来,无是无非,无住无往"的境界很接近了。

然而,同样是归返旧林,王维诗中的境界却与陶渊明有很大的差异。陶诗中更多的是乡土气息,有股暖暖的人情味;王诗中却带着山林隐士的超尘气质,高山流水的幽深。更重要的区别是其言说方式。陶渊明对生命的体验如此表达:"此中有真意,欲辨已忘言。"而王维却如是说:"君问穷通理,渔歌入浦深。"也就是说,面对大自然,陶渊明虽然宣称"欲辨已忘言",但这宣称本身就是一种说理的方式,即魏晋玄学的"言意之辨"。

而王维面对"穷通理"的诘问,却近乎一种真正的忘言,让入浦渔舟上的歌声去回答,一切尽在无言中。

这是本诗最富禅意的结尾,与禅门用具象语言回答抽象问题的方式如出一辙。僧问:"如何是佛法大意?"师答:"春来草自青。"(《景德传灯录》卷十九《韶州云门文偃禅师》)正如君问:"如何是穷通理?"我答:"渔歌入浦深。"另一方面,"渔歌入浦"是王维与裴迪在辋川"浮舟往来"的当下生活的写照,即诗人此时此地的存在——此在。用"渔歌入浦"来回答"穷通理",其实就是用人当下的"此在"来回答什么是"存在"的问题。结尾的"深"字意味深长,既指渔舟驶入浦口深处,歌声远去,又暗示穷通理是如此深远玄妙,如音乐境界一样难于把握。

木末芙蓉

辛夷坞

王 维

木末芙蓉花,山中发红萼。
涧户寂无人,纷纷开且落。

——《王右丞集笺注》卷十三

这是王维《辋川绝句》中最有禅意的一首。辛夷,一种香木,树高二三丈,大合抱。花似莲而小如盏,初出时苞长半寸,紫红色,尖如笔头,故一名木笔。坞,四面高中间低的谷地。辛夷坞,顾名思义,就是长满辛夷树的山谷,其地在王维蓝田县辋川别墅附近。

辛夷与芙蓉是不同的植物,但是王维写辛夷坞的景色,为什么诗的首句却说"木末芙蓉花"呢?这里有两个原因:一是辛夷花与芙蓉花颜色非常相似,正如王维的诗友裴迪在同题唱和诗中所言:"况有辛夷花,色与芙蓉乱。"二是木末芙蓉有典雅的出处,《楚辞·九歌·湘君》:"搴芙蓉兮木末。"因此以"木末芙蓉花"代替辛夷,便显得更加骚雅和高洁。"红萼",自然是指辛夷如笔的花苞。"涧户",是对"坞"的形象描绘,因其中间低的地势,有山涧穿过其间,如洞开的门户。唐人描写山居的景色,常用"涧户""山窗""岩扉""石门"之类的词语,未必皆实有建筑,有时仅取其形似而喻之。

　　这首诗只有四句,描写的内容很简单:在绝无人迹的山涧中,芙蓉花(代指辛夷)默默地开放,又默默地凋谢。但就在这极简单的描写中,却包含有无穷的韵味。"木末芙蓉花",因其来自《楚辞》的意象而具有美人香草的象征意义,所以它生在"涧户寂无人"的环境里,便有如"绝代有佳人,幽居在空谷"(杜甫《佳人》)一般既高洁而又寂寞。另一方面,这芙蓉花却并不因为无人欣赏就不开放,它照样在"山中发红萼",犹如"芷兰生于深林,不以无人而不芳"(《孔子家语·在厄》)。这"红"字,在暗绿色的山涧深林的背景下,显然格外鲜明,富有生命力。赏识王维的开元宰相张九龄有一首《感遇》诗曰:"兰叶春葳蕤,桂华秋皎洁。欣欣此生意,自尔为佳节。谁知林栖者,闻风坐相悦。草木有本心,何求美人折。"这首诗是对美人香草传统的翻案,草木自有"本心",与林栖者无关,更与美人无关。我们难以考证王维是否受到张九龄的影响,但此山中自发红萼的芙蓉花，不正是"欣欣此生意"的草木"本心"的表现吗？自足的生命，不假外物。

值得注意的是，相对于张九龄诗中的兰叶、桂华，这里的芙蓉不仅有开的欣然，更有落的不幸，诗中也似乎带有一层悲凉的色彩。不过，王维这首诗不作任何议论抒情，只有芙蓉自开又自落的场景呈现，这就使得诗歌又含有一种禅意的超脱。按佛教的说法，花的且开且落，即是不开不落；有生有灭，即是不生不灭。而整首诗，从红萼初发，到花瓣绽放，再到花片零落，一切复归于空寂，坞中的芙蓉由此而完成一个成、住、坏、空的轮回。在这里，感觉不到诗人心灵的震颤，只有"寂无人"的"涧户"，静得仿佛连花开花落的声音也能听到。这个静谧空灵的境界，就是禅宗寂而常照、照而常寂的境界。所以明人胡应麟称此诗为"五言绝之入禅者"（《诗薮》内编卷六）。

有人认为，王维这首诗是以花在无人的山涧中自开自落的可悲命运，寄托自己才能被压抑埋没的感伤情绪，有一定的现实意义。这种通过对王维"知人论世"的考察以及"以意逆志"的解读得出的结论，自然有其道理。不过，就诗歌文本本身而言，我们实在看不出有何感伤情绪。诗中不仅"无我"，而且"无人"，一切只是"物原如此"的直接呈露。当花开花落的此际，我在何处，人在何处，视点在何处，情感在何处，皆不可得而知，皆已消解于观照对象中。换句话说，由于整首诗中"无我""无人"的空寂，芙蓉花自开自落的命运便超越了身世的感伤，诗歌最终也因此而抛开美人香草的象征套路。胡应麟称"读之身世两忘，万念皆寂，不谓声律之中有此妙诠"（《诗薮》内编卷六），虽是一己之体验，却颇能揭示出诗中"无人之境"与禅经验之间的关系。

对境证禅

游明禅师西山兰若

孟浩然

西山多奇状,秀出傍前楹。
亭午收彩翠,夕阳照分明。
吾师住其下,禅坐证无生。
结庐就嵌窟,剪竹通径行。
谈空对樵叟,授法与山精。
日暮方辞去,田园归冶城。

——《孟浩然集》卷一

盛中唐山水诗中往往不自觉地流露出禅味,比如孟浩然"樵子暗相失,草虫寒不闻"就被清人王士禛标举为"妙谛微言,与世尊拈花,迦叶微笑,等无差别"(《带经堂诗话》卷三)的例句之一。而孟氏《晚泊浔阳望庐山》"东林精舍近,日暮坐闻钟"的结尾,也被评论者赞誉为"一片空灵"(高步瀛《唐宋诗举要》

卷四）。

孟浩然（689—740）是与王维齐名的盛唐山水田园诗人。他这首《游明禅师西山兰若》诗，同样也是诗禅交融的佳作。

诗的开头两句写西山之奇状，不仅秀拔特出，而且紧靠兰若（佛寺）的前槛。由此可知，这西山犹如一堵巨大的画屏耸立寺前，寺中人直接可开门见山或开窗见山。接下来两句写，从亭午到傍晚，西山的画屏随着时间而变换，光影也随之变幻，亭午后翠绿色渐收，夕阳为之抹上鲜明的橙黄。当然，景物光影的变化也暗示诗人几乎整日流连于此。

在这如画屏的西山之下，明禅师就成日地趺坐在槛前，一心修证无生之禅。所谓"无生"，也就是"无起"，心不因外境而起。诚如《大宝积经》卷五十佛说："无所见者，名为无生。言无生者，是为无起。言无起者，名无所照。"由此可知，明禅师虽每日居住在画屏之下，却视而不见，观而不照，山之奇状、彩翠以及夕阳诸般景象，完全不能诱发他的游赏之情。这就是卧轮禅师偈中所说："对境心不起，菩提日日长。"一念净心不向外攀缘尘境，由禅坐的行为而证无生之佛性。

诗中进一步描写明禅师兰若的环境：就石窟岩洞而搭建的草庐，在竹丛中砍伐出来的小径，幽僻无人，远

/ 对境证禅

离世俗。这样的环境选择与其追求无生佛性的目标是一致的。但是明禅师并非只求一己之证悟,还欲以慈悲心肠普度众生,无论是偶逢的打柴人,还是西山的精怪,皆与之谈空说法,欲其同证无生。所谓山精,无非是西山的顽石。然而,东晋名僧竺道生曾为了证明"一阐提皆当成佛",在苏州虎丘山聚石说法,竟使顽石点头。"授法与山精"的明禅师正有同样的志愿、毅力和道行。

而诗人孟浩然显然也深深沉浸于西山兰若的禅境之中,流连忘返,"日暮方辞去,田园归冶城"。诗之结尾离开寺院,却没有一般诗人重归世俗环境时的惆怅和遗憾。因为兰若之游,仿佛经历了一次心灵的洗礼,至此时,田园也好,城市也罢,在诗人看来都无有差别,皆是诗人对之心念不起的外境。所以明末清初的李邺嗣评价说:"即如唐人妙诗若《游明禅师西山兰若》诗,此亦孟襄阳之禅也,而不得崙(专)谓之诗。"(《杲堂文钞》卷二《慰弘禅师集天竺语诗序》)

尘外道心

灉湖山寺

张说

空山寂历道心生,虚谷迢遥野鸟声。
禅室从来尘外赏,香台岂是世中情。
云间东岭千寻出,树里南湖一片明。
若使巢由知此意,不将萝薜易簪缨。

——《全唐诗》卷八十八

游览山中古寺,很容易令人生出一段参禅礼佛的"尘外"之想,这固然出于"禅室""香台"这样的寺院气氛的感染,但更多的是因"空山""虚谷"这样幽邃的环境所诱发。唐人的游山寺诗多半如此,不过悟入的禅理则各有不同。

张说(667—730),盛唐开元年间曾任宰相。这首诗表现了他游览山寺引发的方外之情。清人金圣叹站在禅家的立场来解释张说这首诗:"不因寂历不生道心,然而寂历非道心也。不因迢遥不传鸟声，然而迢遥无鸟声也。庞居士曰'但愿空诸所有'，是'寂历道心生'义也；'慎勿实诸所有'，是'迢遥野鸟声'义也。"（《金圣叹选批唐诗》卷三）以此妙解为纲，则全诗玄微的禅理隐然可见。

寂历，叠韵连绵词，意为寂寞冷清。迢遥，亦是叠韵连绵词，遥远貌。"禅室从来尘外赏，香台岂是世中情"，是诗人皈依佛禅的"道心"，即所谓"出世间法"。而这心乃因空山寂历而生，因鸟声迢遥而发，所以也可以说"空山从来尘外赏，鸟声岂是世中情"。

诗人若只悟至此，不仅落入前人窠臼，而且未真正勘破禅关。然而，当诗人目光从禅室、香台转向寺外，只见"云间东岭千寻出，树里南湖一片明"，顿然大彻大悟。千寻东岭，从云间透出；一片南湖，从树里显现。有如玄微至道，因物象而明，"自性""真如"，由现象界而昭显。金圣叹以为"出""明"二字尤妙："'出'之为言，不劳瞻眺也"，"'明'之为言，无烦窥觑也"，真可谓目击道存。既了悟此理，则尘世亦是道场，簪缨仕宦与萝薜隐居并无二致，巢父、许由这样的隐士何必定要拒绝出仕呢？所以最后归结到"若使巢由知此意，不将萝薜易簪缨"。其实这就是玄觉禅师所了悟的："若知物我冥一，彼此无非道场，复何徇喧杂于人间,散寂寞于山谷?"(《禅宗永嘉集·劝友人书第九》)金圣叹以为末句可理解为"所谓簪缨从来尘外赏,簪缨岂是世中情也",正是此意。

这样,诗人因寂历而生道心,最终了悟寂历非道心,色空如一,万法平等,尘外之想固然不必在虚谷萝薜之门,禅室香台之上。"云间""树里"若只从写景如绘去理解,则云间东岭,树里南湖,正是隐士林泉之乐,巢父、许由等隐士,正宜以萝薜换簪缨,才是正理。可见,张说写景中必含玄理,否则,"不将萝薜易簪缨",纯为乱谈。身为达官的张说能悟此理,真可谓尘世间的解脱人。

钟声白云

题灵隐寺山顶院

綦毋潜

招提此山顶,下界不相闻。
塔影挂清汉,钟声和白云。
观空静室掩,行道众香焚。
且驻西来驾,人天日未曛。

——《河岳英灵集》卷中

盛唐诗人綦毋潜(692—749)才名盛于当时,殷璠《河岳英灵集》卷中称他"善写方外之情",这首诗便是其代表作。所谓"方外",指世俗之外,常用以代指以出世为旨归的佛教,也兼指道教。

据《舆地纪胜》卷一记载,灵隐寺在杭州钱塘县西一十二里灵隐山上。东晋咸和年间,有天竺梵僧慧理登此山,叹曰:"此武林山是中天竺国灵鹫山之小岭,不知何年飞来。"所以此山号为飞来峰,而慧理于此创灵隐寺。

古代有的佛寺下属若干院,綦毋潜所游的就是灵隐寺的山顶院。招提,梵语Caturdeśa音译为"拓斗提舍",省称"拓提",后误为"招提"。本义为"四方",后指四方僧住处,代指寺院。"招提此山顶"二句,既摹写出该院所处之位置,更暗示它迥出下界、隔离凡间的神圣性。

颔联二句,殷璠称之为"历代未有",评价甚高。寺院已在山顶,寺塔更是直插云天。"塔影挂清汉",是从视觉上描写,庄严的宝塔如此之高,仿佛给人一种悬挂着天上银汉的错觉。这幅塔影遥映辽阔苍穹的静止画面,由静穆的形象而唤起美学上的崇高感。"钟声和白云",描写了听觉和视觉的通感,更为神奇,缥缈的钟声融入远处一片悠悠白云,到底是白云里带着钟声,还是钟声里带着白云,浑然莫辨。与上一句静穆的崇高感相对,这句则是由不可扪摸的空灵形象而唤起一种宗教的虚无感。如果说塔影、清汉、白云都是空间形象的话,那么钟声则是一种时间意象,有了这钟声,似乎一瞬间时空、因果、虚实、动静融在一起,过去、现在、未来相续串接,不可分辨,瞬间即是永恒。

诗人由此视听的感召而进入禅的世界,于是以下更展现了他在山顶院里的修道体验。"观空静室掩,行道众香焚"两句,是指掩上静室之门,焚香而坐禅行道,以观照诸法的空相。隋天台僧智𫖮《仁王经疏》卷三释《观空品》曰:"言观空者,谓无相妙慧照无相之境,内外并寂,缘观俱空。"静室已绝凡俗,掩门更隔外境,于此修禅,无论是内在的照境之慧,还是外在的所照之境,皆一片空寂。而炷香轻烟缭绕,正与《楞严经》中香严童子闻香"尘气倏灭,妙香密圆"的境界类似,"由是意消,发明无漏",与观空的效果一致。

"且驻西来驾"二句,是说趁着山顶院太阳尚未西斜,驻足于此修行吧。"西来驾"语带双关,既指诗人西来此地,也指天竺高僧西来此寺,因为"西来"常暗示天竺僧从西方来东土传法。"人天",指六趣中的人趣与天趣,属于善趣,此或代指寺院僧众。总之,结语传达出诗人留心佛法的"方外之情"。

招提清境

游龙门奉先寺

杜 甫

已从招提游,更宿招提境。
阴壑生虚籁,月林散清影。
天阙象纬逼,云卧衣裳冷。
欲觉闻晨钟,令人发深省。

——《杜诗详注》卷一

在人们的印象中,杜甫(712—770)一向是儒家诗人的典型,他也自称"奉儒守业",不过,在《杜诗详注》《杜诗镜铨》等清人编年注本中,这首"不用禅语而得禅理"之诗却为压卷第一首。这诚然因为此诗是今存杜甫最早的作品,作于开元二十四年(736)游东都洛阳时,但也足以说明他早在青年时代便接触过佛教,并有一定的禅学感悟。

按诗题,此诗当写游览佛寺之事,然而起句便说

"已从招提游",非常突兀,似乎诗还未写,游览已尽。然而接下来次句"更宿招提境",才让读者明白,诗人真正的神游从夜晚才开始。所谓"境",佛教指心之所游履攀缘者,即人之感官意识所对应的世界。眼识所攀缘为色境,耳识、鼻识、舌识、身识、意识所攀缘分别为声境、香境、味境、触境、法境。境,本指尘境,然而招提之境却是脱离尘缘的佛境,所以夜宿招提的所见、所闻、所触、所感、所悟,便与俗世截然不同。进一步而言,白日已游者,所见无非是"景";夜晚借宿者,所体会的才是"境"。"景"是单纯的目之所见,"境"是复合的心之所悟。

所以接下来的颔联,乃着力表现招提之"境":幽暗的山谷中发出阵阵若有若无的声响,月光下的树木随风摇曳,林影散乱斑驳。金圣叹《杜诗解》卷一曰:"三四此即所谓'招提境'也。写得杳冥澹泊,全不是日间所见。'境'字与'景'字不同,'景'字闹,'境'字静,'景'字近,'境'字远;'景'字在浅人面前,'境'字在深人眼底。如此十字,正不知是响是寂,是明是黑,是风是月,是怕是喜,但觉心头眼际有境如此。"阴壑之暗,月林之明,虚籁之响,清影之寂,交织在一起,构成不同凡俗的清静世界。

颈联之"天阙象纬逼",天阙,指龙门山,两山相对如宫阙。象纬,指星象经纬。夜宿天阙,仰望空中群星灿烂,"逼"字极有力度,生动地展现了星辰向人逼来的压迫感,同时夸张地暗示了天阙之高。"云卧衣裳冷",则是从触觉角度写卧睡僧房的感受,衣裳单薄,云气高寒,虽冷浸肌肤,却令人神清骨寒,远离尘俗。这是另一种"招提境",正如王嗣奭《杜臆》卷一所说:"对风月则耳目清旷,近星云则心神悚惕。"

"欲觉闻晨钟"两句,是颇有意味的结尾,如余音绕梁,袅袅不绝。诗人在将醒未醒之际,听到寺院中悠扬的钟声,内心为之一惊,深深自省,若有觉悟。对此结尾,古之注释者各家理解不同。蜀人师氏认为,这类似佛教的"声闻缘觉",如同香严和尚瓦砾击竹作声而大悟,所谓"此得乎声闻而有所觉者也"(《杜诗详注》卷一引)。王嗣奭评说:"已上六句,步紧一步,逼到梦将觉而触于钟声,道心之微忽然呈露,犹之剥复交而天心见,勿浅视此深省语也。"(《杜臆》卷一)金圣叹却不满将"闻钟""深省"硬派作悟道语,认为"先生只是欲觉之际,全不记身在天阙之上、云卧之中,世人昏昏醉梦,不识本命元辰,如此之类,正复无限。乃恰当此际钟声淘然,直落枕上,夫而后通身洒落,吾今乃在极高寒处,是龙门奉先寺也。所谓半夜忽然摸着鼻孔,其发省乃真正学人本事"(《杜诗解》卷一)。然而,这种"忽然摸着鼻孔"的"发省",不正是禅家顿悟的境界吗?

东林宴坐

庐山东林寺夜怀

李　白

我寻青莲宇，独往谢城阙。
霜清东林钟，水白虎溪月。
天香生虚空，天乐鸣不歇。
宴坐寂不动，大千入毫发。
湛然冥真心，旷劫断出没。

——《李太白集》卷二十一

诗仙李白（701—762）的身份有点复杂，道士贺知章一见他，便惊呼为"谪仙人"，这显然是道教的标签。但李白又自号青莲居士，仿佛倾心佛教。特别是他有一首诗自我定位："青莲居士谪仙人，酒肆藏名三十春。湖州司马何须问，金粟如来是后身。"（《答湖州迦叶司马问白是何人》）"金粟如来"是维摩诘居士的前身，显然李白认定自己就是维摩诘居士。这首《庐山东林寺夜怀》，正好可证明李白的佛学修养，而其自拟维摩诘，诚非虚语。

诗人辞别繁华的城阙，独自到山林中寻找佛寺。"青莲宇"是佛寺的别称，也是"青莲居士"向往栖身的场所。东林寺为东晋高僧慧远所建，慧远与刘遗民等僧俗十八人，共修西方净土，号称莲社。其夜，李白留宿于东林寺，有如杜甫之夜宿龙门奉先寺。接下来便是他所体悟的莲宇之"境"。

"霜清东林钟"，这是就钟声给人的感觉而言，秋夜的钟声因霜气显得尤为清凉。按中国古代的音乐观念，钟声应霜，《山海经·中山经》："（丰山）有九钟焉，是知霜鸣。"而霜给人一种清寒高洁之感，钟声带着霜气，更能洗净热恼尘烦的心灵。再加上这是东林寺的钟声，似乎更为独特。李白的朋友孟浩然在"泊舟浔阳郭"时，曾经写下"东林精舍近，日暮坐闻钟"的诗句，表达自己"永怀尘外踪"的愿望（《晚泊浔阳望庐山》）。而李白自己此刻却已在寺中，闻钟而体验尘外的感觉。"水白虎溪月"，秋月照着虎溪水泛着银白色光芒。虎溪在东林寺旁，昔日慧远送客过溪，虎辄号鸣，因此得名。霜钟和水月共同构成一片空灵澄净的世界，如同杜甫所宿之"招提境"。

"天香生虚空，天乐鸣不歇"，此刻，仿佛虚空中生出一股股芳香的气息,传来一阵阵灵异的音乐。这当然不是寺院里入夜的宗教活动,因为这是"天香""天乐",来自自然,而非寺僧们人为的焚香奏乐。只有在极静的境界中,六根才能体会到这种虚无的芳香和音乐给人的美妙感受。宋晁迥《法藏碎金录》卷五谈到这两句诗:"予因思静胜境中当有自然清气,名曰天香;自然清音,名曰天乐。"

读到下面"宴坐寂不动,大千入毫发"两句,我们方知所谓"天香""天乐",原来都是诗人在宴坐状态下沉思冥想的神秘体验的结果。宴坐就是坐禅,寂然不动,万虑俱寂。此刻,大千世界仿佛融入诗人的毛发之中,而诗人的毛发之中也包容着大千世界。空间的大小区别完全消失。至于"湛然冥真心,旷劫断出没"两句,则是宴坐状态下体验到的时间维度的瞬间永恒。《楞严经》卷一说:"一切众生,从无始来,生死相续,皆由不知常住真心。"若能保持此"常住真心",使之湛然无染,那么就能彻底断绝旷劫久远的轮回,从生死出没的循环中解脱出来。总之,李白在东林寺宴坐修行中,体悟到时间空间的寂然空无,而其表现的"夜怀",正是这种解脱烦恼后的宗教情怀。

曲径通幽

破山寺后禅院

常 建

清晨入古寺,初日照高林。
曲径通幽处,禅房花木深。
山光悦鸟性,潭影空人心。
万籁此俱寂,惟闻钟磬音。

——《唐诗品汇》卷六十三

在盛唐时期,禅宗僧徒多寄名律寺,别立禅居。如诗人常建(708—765)所游的禅院,就是常熟县破山寺后的一个别院。与香烟缭绕、梵呗齐鸣的律寺前殿相比,它显得格外僻静冷清。如果我们了解禅院在盛唐时佛寺中的位置和环境,也许对常建的这首诗有一种更具体而真切的感受。

当我们读到"清晨入古寺"这句时,就开始随着导游的诗人感官追寻静谧的禅趣。"清晨"的"初日"光芒想必是淡淡的,"古寺"中的"高林"想必是古树参天,而这淡淡的阳光照进茂密的树林,那微温的橙黄一定被过滤成清凉的绿荫。由此我们来到诗中禅的世界。

"曲径通幽处,禅房花木深",这两句诗不仅极传神地写出在古寺回廊曲径中寻觅禅院的经验(其实这也是人们游览中国园林时所常常能感受到的经验),而且也十分恰切地隐喻了参禅悟道的一次过程。"曲径"二字在《河岳英灵集》等唐诗选本中作"竹径",但南宋后不少选本作"曲径",应该是一种禅意的选择。"曲径"与"禅房"这一对路径与房屋的意象搭配,正好可作为禅悟的一种暗示。对于禅悟而言,"曲径"是过程,而"禅房"是目的。悟,就是在幽深处有所发现。拐弯抹角之后,忽又豁然贯通,柳暗花明,生机盎然,这不就是顿悟的象征么?"深"自"曲"来,非"幽"不"深",这也意味深长。真理的"禅房"只建在"幽处",并不在大路边上,需要寻找;而且为感性的"花木"所掩映,需要辨识。经过"曲径"的苦苦追寻,终于步入"禅房"静室,这不就是禅悟后欣悦的心境么?

这寺后禅院地处僻静的"幽处",远离人寰。那"山光"显得格外苍翠,"潭影"显得格外澄澈。诗人至此,仿佛能体味到林间小鸟自由自在的快乐,而心灵也仿佛潭水一样空灵透明。"潭影"在唐诗中常带有浓重的禅意,往往被当作寂照之心的比喻。如香岩智闲禅师《寂照颂》曰:"不动如如万事休,澄潭彻底未曾流。个中正念常相续,月皎天心云雾收。"(《人天眼目》卷四)心如澄潭,映照万象,一切激动和喧嚣在这里都化为静穆的意境。正如唐诗人李端《寄庐山真上人》诗所说:"月明潭色澄空性。"澄静的潭水中深藏着空无的永恒。殷璠赞叹"山光悦鸟性,潭影空人心"两句为"警策"(《河岳英灵集》卷上),可能正是有感于其中包蕴的禅意。

最有灵气的是这首诗的最后两句:"万籁此俱寂,惟闻钟磬音。"一刹时,清风停止了吹拂,小鸟停止了鸣叫,流泉停止了叮咚,只有几杵疏钟在山光潭影中颤悠悠回荡。这是何等静寂幽邃的境界啊!这余音袅袅的钟声,化动为静,化实为虚,将禅意转化为诗情,将宗教感情转化为审美感情。这钟声从寂静中响起,又在寂静中消失,传达出来的意味是永恒的静,本体的静,把人带入宇宙与心灵融合一体的那异常美妙神秘的精神世界。清人纪昀评此诗"兴象深微,笔笔超妙,此为神来之候"(《瀛奎律髓刊误》卷四十七),这言有尽而意无穷的结尾无疑起了很大的作用。

身与波月

白龙窟泛舟寄天台学道者

常 建

夕映翠山深，余晖在龙窟。
扁舟沧浪意，澹澹花影没。
西浮入天色，南望对云阙。
因忆莓苔峰，初阳濯玄发。
泉萝两幽映，松鹤间清越。
碧海莹子神，玉膏泽人骨。
忽然为枯木，微兴遂如兀。
应寂中有天，明心外无物。
环回从所泛，夜静犹不歇。
澹然意无限，身与波上月。

——《全唐诗》卷一百四十四

殷璠评价常建诗："似初发通庄，却寻野径，百里之外，方归大道。所以其旨远，其兴僻，佳句辄来，唯论意表。"(《河岳英灵集》卷上）这首五言古诗，大体也有这样的特点。白龙窟，在浙西海盐县。弘治《嘉兴府志》卷十七："龙眼潭，在澉浦城南六里。旧传白龙窟，客舟于此舣泊。"天台山，在浙东台州天台县，为佛教天台宗的发祥地。根据这首诗诗题可知，其时常建在海盐白龙窟泛舟，写诗寄给在天台山学佛的朋友。

诗的前六句，写白龙窟泛舟的情景。"夕映翠山深，余晖在龙窟"，夕阳即将西下，天色渐暗，远山更显得苍翠而幽深，而白龙窟的水面尚留存着落日的余晖。"扁舟沧浪意，澹澹花影没"，驾一叶扁舟，漫游于沧浪烟波之上，多潇洒的隐逸江湖之志，此刻得以实现。澹澹，水波流动貌。花影没，比喻夕阳余晖在流动的水面忽隐忽现。钟惺评论这两句："看他'影'字接'意'字，断续有无处。"（《唐诗归》卷十二，下同）也就是说，扁舟沧浪的意趣，正体现在这如花影般灭没的水波光影之中。"花影"既给人以审美的愉悦，也带有一种幻灭的色彩。"西浮入天色"，写扁舟在水上漂浮，向着落日的方向，仿佛融入暮色。"南望对云阙"，在船上向南望去，碧云霭霭，如城阙般耸立。那"云阙"的方向，就是天台山所在，"阙"字则暗示天台山的别称"赤城"。诗写到这里，便进入怀想天台学道者的另一主题。

接下来的六句，写天台山中学道者的生活。"因忆莓苔峰，初阳濯玄发"，由望云阙遥想天台长满青苔的山峰，在太阳初升的时候，学道者在山涧边洗濯黑色的长发。"泉萝两幽映，松鹤间清越"，泉水从薜萝丛里流出，两相辉映，更显得碧绿幽邃；松树间有白鹤栖息，两相衬托，更显得清高卓越。"间"，音"见"，夹杂、掺杂之意。钟惺评"松鹤间清越"句："与'猿鸟备清切'各有其妙，'备'字有景，'间'字有情。"按"猿鸟"句是王昌龄《宴南亭》中的句子。"碧海莹子神，玉膏泽人骨"，天台山邻近东海，所以碧海能净化学道者的精神，使之莹澈澄明。而山中所产的玉膏，食之则可润泽肌骨，使人长生不老。旧题汉东方朔《十洲记》："扶桑在东海之东岸，岸直，陆行登岸一万里，东复有碧海，海广狭浩汗，与东海等，水既不咸苦，正作碧色，甘香味美。"玉膏，玉的脂膏，传说中的仙药。晋张华《博物志》卷一："名山大川，孔穴相内，和气所出，则生石脂玉膏，食之不死。"这两句所写"学道"生涯，颇似道教求仙。

然而，接下来几句，则明显是学佛的内容。"忽然为枯木，微兴遂如兀"，大约诗人之忆想结束，忽然回到白龙窟的舟上，顿觉形如枯木，心如死灰，稍微兴起的念头一时消失。"兀"，即兀兀，静止貌。"枯木"喻指坐禅的状态。《宋高僧传》卷十二《唐长沙石霜山庆诸传》:"堂中老宿长坐不卧,屹若椔杌,天下谓之石霜枯木众是也。"虽然天台宗提倡"止观",禅定与智慧并修,并不赞同枯木如兀的方式,批评"枯木而称定者"(梁肃《天台止观统例》),但是常建这样的世俗"征君",对"止观"之禅定的理解,却很可能与"枯木禅"混为一体。值得一提的是,从"碧海莹子神"两句到"忽然为枯木"两句,由求仙到坐禅,跳跃实在太大,中间没有过渡句子,所以谭元春评这几句"出脱不同,光怪忽生",钟惺称之为"无端寄想,身为去来"。这种无端寄想,大概因为天台山既是道教的赤城,又是佛教的名山的缘故吧。"应寂中有天,明心外无物",上句写与寂静相应的水中别有天空,下句写感悟到自心之外并无他物,即一切外物皆是自心的显现。《宗镜录》卷八十二引《首楞严经钞》云:"若能转物,即同如来者,心外无物,物即是心。"

"环回从所泛,夜静犹不歇",回到泛舟的情景,任从小舟环回游了一大圈,到夜深人静仍未停下来。这时体会到一种特别恬然宁静的感觉,"澹然意无限,身与波上月",心情无限安定,仿佛身心与波上的明月完全融合,不知身如波上月,还是月如舟上人。"澹然",恬静貌,二字见于《庄子·天下》:"澹然独与神明居,古之道德有在于是者。"这两句以意象性语言而非说理性语言结尾,何为澹然之意?身与波月是也。所以钟惺评点说:"'与'字不可思议,以未了语作结,妙!妙!若云'身与波上月,澹然意无限',则于'与'字有归着,然肤甚矣。"

这首诗在晚明较受欢迎,大约与其时禅学兴盛有一定的关系,正如李邺嗣《杲堂诗文钞》文钞卷三《慰弘禅师集天竺语诗序》所说:"《白龙窟泛舟寄天台学道者》诗,此亦常征君之禅也,而不得尚谓之诗。"以之与孟浩然的《游明禅师西山兰若》、韦应物的《听嘉陵江水声寄深上人》并列为唐代诗禅的代表。

落花流水

阙　题

刘眘虚

道由白云尽，春与青溪长。
时有落花至，远随流水香。
闲门向山路，深柳读书堂。
幽映每白日，清辉照衣裳。

——《全唐诗》卷二百五十六

刘眘虚是盛唐诗人，生卒年不详。殷璠评论其诗："情幽兴远，思苦语奇，忽有所得，便惊众听。"（《河岳英灵集》卷上）也许他在构思时会很艰苦，但写出来的诗句，却和那个时代的山水田园诗人一样，具有"不涉理路，不落言筌""莹彻玲珑，不可凑泊"的妙趣。

这首诗虽然没有题目，不过大致可判定为描写山中隐居生活的作品。诗的内容不难理解，曲折的小路一直延伸到白云深处，烂漫的春色沿着清澈的溪流铺展，蜿蜓而悠长。不时有春风吹落花瓣,流水带着花香随溪远去。安闲静寂的柴门正面对山路,柳树的绿荫掩映着雅致的书房。阳光常常会透过幽深的树隙,几缕清幽的光线照耀着主人的衣裳。

整首诗几乎都由意象语言组成,没有一句说理的成分,也没有一丝情感的流露,完全是风景的自然呈现。白云、青溪、落花、流水、闲门、山路、深柳、书堂、白日、清辉、衣裳,这些意象之间的关系是如此和谐圆融,色彩和画面是如此优美协调,展现出隐居者"诗意地栖居"的超然之美,令人心驰神往。

这是诗的境界,也是禅的境界。如果我们联想到殷璠关于刘眘虚善写"方外之言"的评论的话,那么这首诗就完全可以从"方外"佛禅的角度进行解读。

首联的"道",既是道路之"道",也双关禅道之"道"。禅门学者常以抽象的"如何是道"的句子提问,祖师则常以具体的道路作答:或曰"迢迢"(《景德传灯录》卷二十二《韶州林泉和尚》),此岂不是"道由白云尽";或曰"出门便见"(《五灯会元》卷十二《翠岩可真禅师》),此岂不是"闲门向山路"?"春"字同样可视为双关语,既是春天的"春",也是佛理的"春"。僧问云门文偃禅师:"如何是佛法大意?"答曰:"春来草自青。"(《景德传灯录》卷十九《韶州云门文偃禅师》)紫柏老人作《石门文字禅序》称:"盖禅如春也,文字则花也。春在于花,全花是春;花在于春,全春是花。"所以,刘眘虚这首诗写景的首联,便具有了佛法禅理的象征意味。

接下来颔联的"时有落花至,远随流水香",似乎禅意更浓,不仅描写出几分佛国胜境的感觉,天花乱坠,流水飘香,而且显示出自然无心、一切现成的禅机。所以王士禛特别喜欢这两句,也将其视为"妙谛微言,与世尊拈花,迦叶微笑,等无差别"的佳句(《带经堂诗话》卷三)。也许正因为摒除了特定的情感和概念的指向,这种纯然的意象组成的时间空间,才获得类似佛理禅机的无限意蕴。

溪花禅意

寻南溪常山道人隐居

刘长卿

一路经行处,莓苔见履痕。
白云依静渚,春草闭闲门。
过雨看松色,随山到水源。
溪花与禅意,相对亦忘言。

——《刘随州集》卷三

中唐诗人刘长卿(718—790),宣城人,晚年官至随州刺史,世称"刘随州"。长卿工诗,长于五言,自称"五言长城"。这首诗就是他五言律诗代表作之一。诗题中的"南溪",在越州鉴湖之南。万历《绍兴府志》卷八《山川志》五:"南溪在鉴湖南,亦若耶支流也。"并引刘长卿此诗为证。长卿曾贬官睦州司马,与浙东诗人交游,此诗当写于这个时期。"道人",意为学道之人,此特指佛教徒。《大智度论》卷三十六:"如得道者,名为道人。"《景德传灯录》卷九潭州沩山灵祐禅师："譬如秋水澄渟，清净无为，澹泞无碍，唤他作道人。"诗题一本作"寻南溪常道士"，当为后世传抄简化之误，这是因为诗的尾联有"禅意"二字，与道教徒"道士"的身份不相干。

整首诗写的是沿溪寻找隐居僧人的过程。首联"一路经行处，莓苔见履痕"，写一路上所见僧人经行留下的鞋印。经行，佛教语，指坐禅而欲睡眠时，在一定的地方旋绕往来，以防困倦，又为养身疗病。莓苔，即青苔。长满青苔的小路，足见其荒凉偏僻，少有人走，所以僧人履痕清晰可见。首联两句紧紧扣合诗题，"经行"暗示"道人"的身份，"莓苔"渲染幽僻的"隐居"。

颔联写沿溪看到的景色，"白云依静渚，春草闭闲门"，这是客观的静态的景物描写，"依"和"闭"皆为物的形态。渚，水中的小洲。白云依傍着静静的小洲，芳草遮掩着闲寂的寺门，"静"与"闲"既是景物，也是心境。"春草"一本作"芳草"，似更能与"白云"相对仗。

接下来的颈联"过雨看松色，随山到水源"，则扣合题目的"寻"，写主观的动态的观照，"看"和"到"都是人的行为。松树的颜色经过雨洗，看上去更加青翠；而随着山路的蜿蜒，竟一直走到溪水的发源地。上一句看雨后的青松，仿佛心灵也受到洗礼；下一句随山走去，无非是任运随缘，而最终追根寻源。"随"字的无心任运，正是禅宗所提倡的参禅态度。这两句很容易使我们想起王维的"行到水穷处，坐看云起时"，"到水源"的诗人自然是因"行"而"到"，而"看松色"的诗人未必不是"坐"而"看"之。

　　一路看下来的景色，如莓苔、白云、静渚、芳草、闲门、松色、水源，无不唤起诗人的幽居之情，如陆时雍评此诗所说："幽色满抱。"（《唐诗镜》卷二十九）然而直到最后，诗人才找到那位隐居的道人。"溪花与禅意，相对亦忘言"，两句可作两重理解：一是常山道人，对着溪花参禅，而默然无语；二是诗人与常山道人相对而坐，面对溪花而参悟禅意，默然忘言。为何将"溪花"与"禅意"联系起来呢？这是因为在常山道人隐居的环境里，唯有这溪花最能唤起禅意的联想，无论是世尊拈花，迦叶微笑，还是灵云见桃花而悟道，法眼见牡丹而知空，抑或是《维摩诘经》中天女散花落于众菩萨身上，花与禅就常常密不可分，这是因为"花"为色相，"禅"为空相，对花参禅，即色即空，难以言喻。结句使我们想起陶渊明的《饮酒》诗："此中有真意，欲辨已忘言。"相较而言，陶诗的说理色彩更重一些。

清磬闲云

题崇福寺禅师院

崔　峒

僧家竟何事，扫地与焚香。
清磬渡山翠，闲云来竹房。
身心尘外远，岁月坐中忘。
向晚禅堂掩，无人空夕阳。

——《中兴间气集》卷下

崔峒（766年前后在世），中唐诗人，"大历十才子"之一。宋计有功《唐诗纪事》卷三十崔峒小传曰："峒登进士第，为拾遗，入集贤为学士，后终州刺史。或云终玄武令。《文艺传》云：'终右补阙。'"高仲武《中兴间气集》卷下评其诗曰："崔拾遗文彩炳然，意思方雅，如'清磬渡山翠，闲云来竹房'，又'流水声中视公事，寒山影里见人家'，斯亦披沙拣金，往往见宝。"

诗题中的崇福寺，清人宋邦绥《才调集补注》卷九引《历代名画录》:"崇福寺,在上都,武后题额,有牛昭、王陁子画山水。"然而,唐代崇福寺名并非只有京兆长安一处,这首诗颔联写的是山中寺院的景色,不似京城通衢的佛寺,或许另有所指。从高仲武所引崔峒的两联诗来看,崇福寺更像他在任州刺史时"视公事"之余到"寒山影里"休闲的禅院。唐代诗人喜欢在暇时寻访寺院,所谓"因过竹院逢僧话,又得浮生半日闲"(李涉《题鹤林寺僧室》),崔峒这首诗亦当作如是观。

在唐代,禅僧往往寄名律寺,别立禅院,如常建所游"破山寺后禅院",便与此诗"崇福寺禅师院"相似。"扫地与焚香"是佛教徒日常生活的重要内容,禅僧更是如此。"扫地"的意义除了保持禅院的清洁之外,还是一种"时时勤拂拭,勿使惹尘埃"的心性修养的象征。而"焚香"则不仅为了礼佛,更主要是为了坐禅,焚香默坐,沉思冥想,从而万虑洗然。

"清磬渡山翠,闲云来竹房"二句,是这首诗的警策,颇为后人称赏。"渡",一本作"度"。一阵清越的磬声,飞过苍翠的山峦,缥缈悠扬。钟与磬在唐诗中常常是烘托寺院气氛的典型音响,如常建诗"万籁此俱寂,惟闻钟磬音"(《题破山寺后禅院》),而这里的"清磬"之音与"山翠"之色相组合,磬声仿佛融入翠色,从听觉和视觉两方面渲染环境的幽静,更能唤起人们的方外之情。山间的一片白云飞来，在禅院的竹房周围缭绕，悠闲的白云正好跟悠闲的僧人形成志趣相投的伴侣关系。顺便说，"竹房"是禅家居住的简陋建筑，可从侧面证实此崇福寺并非京兆长安那武后题额的皇家寺院。这两句中的"渡"与"来"两个动词，将磬声和云影拟人化，而"清"和"闲"两个形容词，在描写物象的同时，也双关僧人的心态。

在这样的环境中，僧人自然会是"身心尘外远，岁月坐中忘"，身体和心灵都远离尘嚣，在每日焚香默坐的禅修中，心念不起，自性不动，完全忘记了岁月的流逝。一刻便是永恒，永恒便是一刻。

尾联"向晚禅堂掩，无人空夕阳"，营造出一个更为宁静空寂的境界，甚至连"清磬"也消歇，"闲云"也归休，禅堂关闭，庭院无人，一切空荡荡、静悄悄的，只留下夕阳的长影。诗人用"无人"和"空"两个词语描写禅院"向晚"的情景，这既是真实的写照，又蕴含着万法皆空的寓意。而"空夕阳"的意象语言，使得诗的结尾给人留下无穷的想象空间，韵味悠长。

月夜闻钟

闻　　钟

释皎然

古寺寒山上，远钟扬好风。
声余月树动，响尽霜天空。
永夜一禅子，泠然心境中。

——《杼山集》卷六

中唐大历、贞元年间，两浙诗坛流传着一条谚语："霅之昼，能清秀；越之澈，洞冰雪；杭之标，摩云霄。"说的是三位擅长诗章的高僧：霅溪（湖州）的清昼，越州的灵澈，杭州的道标。道标的诗今已不存，《全唐诗》收灵澈的诗不到二十首，只有清昼尚有《杼山集》（一名《昼上人集》）十卷传世。清昼（720—803），字皎然，湖州人，谢灵运十世孙。世称皎然，当为以字行的缘故。史传或称名皎然，字昼，实误，我曾于《略谈唐宋僧人的法名与表字》一文中详加辩正。据

《宋高僧传》卷二十九本传,皎然早年曾习律宗的毗尼道,中年谒禅宗诸祖师,了心地法门。于頔《杼山集序》称皎然:"中秘空寂,外开方便,妙言说于文字,了心境于定慧。"这首《闻钟》诗,正是他以言说文字表现心境定慧的代表作。

诗为五言六句,是皎然爱写的一种古体诗。全诗的内容简单,语言自然,而意蕴却极为空灵悠远。诗中描写了寒山上的一座古寺,舒爽的秋风远远送来一阵阵钟声。这钟声在月色笼罩的树林间飘扬回旋,余音袅袅,消散在布满秋霜的夜空里,融进了坐禅僧人宁静空明的心境之中。钟声月色,灵境禅心,融为一体。

诗中的意象选择服务于心境的营造。寺是"古寺",山是"寒山",古老清寒,远离世俗的尘嚣。寒山,也可能代指天台山,与皎然大约同时的天台诗僧寒山子诗有"杳杳寒山道"之语,而皎然也曾在天台山学法。"远钟"意谓钟声缥缈悠远,"好风"意谓秋风清爽惬意。"月树"写皎洁月光下的山林,"霜天"写虚旷清冷的天空。按中国古代的音乐观念,钟声应霜,如《山海经·中山经》:"(丰山)有九钟焉,是知霜鸣。"透过月树和霜天的钟声,仿佛更显得高洁空灵,使人神清骨寒。"声余""响尽"的描写,则突出了钟声难以扪摸、余音袅袅的特点。因而"永夜"之"永",便不光是形容禅僧久坐的时间,也暗含着钟声的悠长邈远。"泠然"形容钟声的清越,又形容秋风的轻妙,更形容闻钟所得到的感觉。

在唐诗宁静的山水世界中,也许再也没有一种声音比钟声更富有禅意和诗意。然而,在其他充满禅意的诗中,钟声常常只是作为幽寂情怀的映衬,而在皎然这首诗里,闻钟成为贯穿全篇的主题。诗中的一切意象、感觉和情绪,全由钟声串接起来,共同构成一个充满梦幻感的纯净的音乐世界,诗人由此而获得心灵净化。中唐权德舆称赞诗僧灵澈作诗过程是"静得佳句,然后深入空寂,万虑洗然"(《送灵澈上人庐山回归沃洲序》),这正可借用来评论皎然这首诗的写作。

水激石鸣

听嘉陵江水声寄深上人

韦应物

凿崖泄奔湍,称古神禹迹。
夜喧山门店,独宿不安席。
水性自云静,石中本无声。
如何两相激,雷转空山惊。
贻之道门旧,了此物我情。

——《韦苏州集》卷二

禅悟并非只产生于空山深林或禅房静室,只要善发疑情,灵根透脱,即使在激动和喧嚣中也能体味到禅意之所在。中唐韦应物(737—791)便是这样深得禅髓的诗人。

一日,诗人来到传说中大禹凿崖治水的地方,夜宿山门店,被嘉陵江雷鸣般的奔湍急浪搅得难以入睡。然而,正是这江水的喧腾,使他一瞬间疑情大发,悟入玄道。"水性自云静,石中本无声。如何两相激,雷转空山惊。"诗人思考的当然不是物理学的声学问题,而是禅学中动与静的关系问题。照禅的观点来看,禅是动中的极静,也是静中的极动,动静不二,正如色空不二。禅宗认为世界的实相是静是空,有如水性、石性。空的实相生出万有,静的本质生出极动,有如水生波,有如水石相激而雷转山惊。禅宗又有"即心即佛"的说法,所以心即是禅的实相,心造万物如水生波,如水激石鸣。如果悟得这一禅理,就知道动静、喧寂、心物都是二而一的东西,空造万有,所以万有归空;静生群动,所以群动归静。

大约诗人的空门道友深上人曾经从义学的角度讲解过这一问题,而诗人迷惑不解,直到在静夜听到嘉陵江水声时才猛然觉悟,所以他只拈出四句作回赠,以证明自己已经"了此物我情",认识到心与物的关系。这是典型的禅宗回答义学问题的方式,以水石相喻,一切答案,尽在不言之中。

自此一悟之后,韦应物万法皆空。既然"雷转空山惊"中孕着极静的本质,那么十字街头,万籁声中,无往而非禅。他后来之所以能在堆满文书的"吏案"前对来访山僧说出"出(仕)处(隐)似殊致,喧静两皆禅"的道理(《赠琮公》),之所以能在春潮急雨中领略到野渡旁边那只无人孤舟寂寞自放、任意西东的玄思（《滁州西涧》），大概都是来自嘉陵江水声的触发吧。

雾沐青松

晨诣超师院读禅经

柳宗元

汲井漱寒齿,清心拂尘服。
闲持贝叶书,步出东斋读。
真源了无取,妄迹世所逐。
遗言冀可冥,缮性何由熟?
道人庭宇静,苔色连深竹。
日出雾露余,青松如膏沐。
澹然离言说,悟悦心自足。

——《柳河东集》卷四十二

达摩西来,扫灭文字,以心传心,教外别传。不过,禅宗六祖慧能用《金刚经》语证入文字,荷泽神会禅师有"藉教悟宗"之说,可见研习经教仍是禅家日用功夫之一。中唐诗人柳宗元(773—819)的这首《晨诣超师院读禅经》就叙写了"藉教悟宗"的全过程。

诗人晨起，先是"汲井漱寒齿，清心拂尘服"，参禅礼佛之心，至诚至洁。贝叶书，代指禅经，古时佛经多写在贝多罗树叶上，所以有此称呼。"闲持贝叶书"二句，写出诗人读经之心态，安闲容与。"真源了无取"四句，是诗人读禅经后的思考，为何世人无取于真源，每逐于妄迹？如何才能修得圆成佛性？诗人读经至此，真妄佛理，盘桓于心，堕入理障，无由得脱。

这时，诗人偶然行至超师禅院，在长满青苔、翠竹环抱的静静的庭宇里，猛然发现另一番境界。无须概念说明，无须逻辑推理，诗人在以"平常心"观照世界的那一瞬间，体会到禅的真理。"日出雾露余，青松如膏沐"，这两句诗不仅在写景上能传造化之妙，而且表达了诗人触目会心的体验。青松经过清晨雾露的洗沐，在初日的照耀下苍翠欲滴，这不就是去妄迹而取真源的"佛法大意"的形象体现吗？青青翠竹，尽是法身；郁郁黄花，无非般若。当诗人用直觉感受去扪摸世界时，才顿然感到语言文字虚妄，终于因指而见月，遗经而得道。所以最后"澹然离言说"，得到一种"悟悦"的满足。诗人的"悟悦"不只是通过雾沐青松的形象得到对禅经所言真妄佛理的觉认，而且是一种对语言文字的虚幻性的了悟。"迷人向文字中求，悟人向心而觉"（《景德传灯录》卷二十八），因此他的"悟悦"不须"言说",而"心自足"。

在柳宗元的佛理诗中,这首诗可以说达到了最高峰,因为他已经明了"经是文字纸墨,文字纸墨性空,何处有灵验"的根本禅理(《越州大珠慧海和尚语》),已有舍筏登岸、见月亡指之功。

寒江独钓

江 雪

柳宗元

千山鸟飞绝,万径人踪灭。
孤舟蓑笠翁,独钓寒江雪。

——《柳河东集》卷四十三

千山万径皆白雪皑皑,既无鸟迹,又无人踪,既纯净无瑕,又死寂凄清。小船上穿戴蓑笠的渔翁,在白雪纷飞的江面上垂下丝纶。天地间除此孤零零的"蓑笠翁",再无一个生命体,船是"孤舟",人是"独钓",甚至连鱼也无,所钓只有"雪"而已。柳宗元这首脍炙人口的五言绝句,短短二十个字,描绘出一个极其空旷孤寂的世界。这既是一个令人神清骨寒的艺术境界,更是一个展现了万境皆空的实相无相的宗教象征。

这一艺术境界,在宋代成为画家笔下的题材。南宋马远的《寒江独钓图》正是取柳宗元《江雪》的诗意而作。画面上除了一叶扁舟和垂钓的渔翁,其余几乎全为空白,而空白处令人想象到浩渺的江水和苍茫的远山,以及彻空的寒意。艺术赏析者将其称为"虚实相生,无画处皆成妙境"(《画筌》)。

而在禅宗的典籍里,这首诗往往被看成是佛理的诗意表现,被禅师借以说禅。

先来看看诗中"千山""万径"与"孤舟""独钓"的对比描写。表面看,这似乎形成巨大的反差,以"万千"为背景突出"孤独"的主题,因此有学者将此诗断为柳宗元贬谪永州后心情郁闷的作品。但如果纯从意象角度来分析,这首诗何尝不是体现了"万即一、一即万"的华严妙旨。圆悟克勤禅师说:"华严现量境界,理事全真,初无假法。所以即一而万,了万为一,一复一,万复万,浩然莫穷。心佛众生,三无差别,卷舒自在,无碍圆融。"(《罗湖野录》卷上)千山万径尽收拾入孤舟独钓,孤舟独钓又包容着千山万径,无论是"万"还是"一",皆融于空旷复阒的白雪世界之中,群山覆盖着雪,径路覆盖着雪,孤舟上、蓑笠上覆盖着雪,以至寒江上、钓丝上皆是雪。白茫茫一片大地真干净,本无差别。

还有,这首诗也可借以说明《楞严经》的佛理。《楞严经》卷二有"八还"之说,所谓明还日轮,暗还黑月,通还户牖,壅还墙宇,缘还分别,顽虚还空,郁埻还尘,清明还霁。将世间诸变化相,各还其本因处,所见之境可还,而能见之性不可还。千山鸟飞绝,万径人踪灭,如所见之尘境,尘境有生有灭。变化相还其本因处,只剩下绝灭之空无。而孤舟蓑笠翁,独钓寒江雪,则如能见之自性,不生不灭,即使万境俱寂,此自性仍然存在于空无之中。所以北涧居简和肯堂彦充两位禅师,都不约而同直接引用《江雪》四句诗来赞颂《楞严经》的名言:"诸可还者,自然非汝;不汝还者,非汝而谁?"

再说,这首诗也符合禅宗心行处灭、凡圣路绝的境界。《林泉老人评唱投子青和尚颂古空谷集》卷二《丹霞烧佛》:"师云:'千山鸟飞绝,万径人踪灭。孤舟蓑笠翁,独钓寒江雪。正当此时,万境消沉,十方黯黑,干剥剥兮滴水冰生,冷清清兮撼颏打战。非止古岩苔闭,紧掩柴扉,飞走惊危,俱难觑向。忘情怀之计较,绝凡圣之阶梯。'"一切情怀之念、凡圣之心如同鸟迹人踪灭绝之后,便进入一个绝对的无我境界,绝对静空的境界,这便是永恒。此间的孤舟独钓,哪里还有一丝一毫功利的计较?

王国维先生在《人间词话》中将陶渊明的"采菊东篱下,悠然见南山"视为"无我之境"的例句,这其实是一种误解，或者说对"无我之境"的界定不明确。陶诗虽超然无心，但不能说是"无我"，只要看"采""见"二个动词，就可知"我"之存在；"见"字体现出诗人观照的视点，"悠然"则表露出诗人的情怀。真正的"无我之境"是柳宗元这首《江雪》，在这样的境界中，诗人的视点失落了，没有"俯"或"仰"，也没有"望"或"见"；诗人的情绪也失落了，不以物喜，不以己悲。他是站在"心即宇宙"的立场纯然客观地呈现世界的本来面目，我之思消融于物之境而获得永恒。

本来无物

偈

释慧能

菩提本无树，明镜亦非台。
本来无一物，何处惹尘埃？

——《六祖大师法宝坛经·行由品》

这是禅宗南宗六祖慧能（638—713）为应对北宗六祖神秀而作的一首著名的偈。

据《坛经》记载，慧能二十四岁往蕲州黄梅双峰东山寺参拜五祖弘忍。弘忍先令慧能在寺内随众作劳役，于碓房踏碓舂米。弘忍将传法衣，上座弟子神秀先写了一个得法偈书于廊壁上，偈为五言四句："身是菩提树，心如明镜台。时时勤拂拭，勿使惹尘埃。"神秀用"菩提树"和"明镜台"两个意象比喻身心，并由此表达了他关于心性修养的看法。神秀认为，心如明镜，本自清净，只因为心不净才产生善恶差别，必须通过长期的修习,才能逐步领悟佛理而成佛,禅定功夫必须持之以恒,莫使心灵受外界尘埃的污染。他的偈语,完整地浓缩了佛教"戒(防非止恶)——定(息虑静缘)——慧(破惑证真)"三阶段方式,形象而又通俗地表明了佛教对世界的理解以及对解脱方式的理解。

然而这一偈未能得到弘忍心许。慧能听人念诵神秀的偈,也知其未见本性,于是自己另作一首偈,请人书于壁上。慧能这首偈直接针对神秀的偈而发,他沿用了"菩提树"和"明镜台"两个意象,却全部采用了否定语势。"菩提本无树,明镜亦非台",就是说人的身心本来是空幻的,没有物质存在,正如象征身心的菩提和明镜本来没有树和台的形态。按照佛教教义,人身由因缘和合而成,是一种非物质的虚妄相,所谓"四大皆空"。既然包括人自身在内的世界万物都是虚妄的,那么所谓尘埃也就无处落脚。因此,只要觉悟到"本来无一物"的虚无,心灵就自然得到解脱,又何必时时拂拭、天天坐禅呢?这就是佛教的般若性空思想。慧能学佛由闻他人诵《金刚经》而开悟。《金刚经》是一部著名的般若学的经典,主要论述世界一切事物皆空幻不实,人们对现实世界不应执着或留恋。其结尾偈语特别有名:"一切有为法,如梦幻泡影,如露亦如电,应作如是观。"慧能在这首偈里,从心性的角度发挥了《金刚经》的思想。

同时，这首偈还批驳了神秀的渐修之说，以为只要觉悟到心性本空，自然尘埃不染，这就是所谓"一念愚即般若绝，一念智即般若生"，成佛只在一念之悟，刹那之间，顿悟性空，便可成佛。这是一种何等简捷的功夫！既然成佛在于"一念"，那么传统佛教所主张的读经、明律、念佛、坐禅等一系列修行功夫，也就失去了重要意义。

慧能的偈得到弘忍的赏识，半夜密授以法衣袈裟，于是慧能成为禅宗的六祖。他得到法衣后，立即南下岭南隐居，后来在广东曹溪宝林寺弘扬佛法，提倡顿悟自性，开创禅宗之南宗。神秀在荆州玉泉寺说法，后来被武则天召至长安，倡渐修之说，成为禅宗之北宗。于是禅宗有所谓南顿北渐之分。

值得注意的是，慧能这首偈不仅在佛教思想革新上有重要意义，而且在语言形式上创立了以否定语势为其特点的"翻案法"。这种方法对于禅宗表达新思想极为适宜，所以后来的禅师纷纷仿效。标新立异、追求独创的诗人也从中受到启发，翻案成风。宋元之际江西派诗人方回指出："北宗以树以镜为譬，而曰'时时勤拂拭，不使惹尘埃'；南宗谓'本来无一物，自不惹尘埃'，高矣。后之善为诗者，皆祖此意，谓为翻案法。"（《桐江集》卷一《名僧诗话序》）可见禅宗和诗歌"翻案法"至少有理论上的同构性和语言形式上的相似性。

菩提么长

答卧轮禅师偈

释慧能

慧能没伎俩，不断百思想。
对境心数起，菩提作么长。

——《六祖大师法宝坛经·机缘品》

慧能在曹溪宝林寺传法，有一天，一位僧人称引卧轮禅师偈曰："卧轮有伎俩，能断百思想。对境心不起，菩提日日长。"慧能听到之后，对这个僧人说："此偈未明心地，若依而行之，是加系缚。"因而另作一偈示与僧人："慧能没伎俩，不断百思想。对境心数起，菩提作么长。"阐明自己所倡导的禅法。

卧轮禅师的偈阐明了这样一种禅经验，即停止一切思虑，排除外境干扰，通过日复一日的修行逐渐获得觉悟。"菩提"意思是正觉，是辨明善恶、觉悟真理的智慧。显然，这首偈集中体现了自达摩以来禅宗传统的禅法,与北宗神秀的观点如出一辙。达摩的禅法是"壁观禅",据《续高僧传》记载,这种禅法的特点是:"舍伪归真,凝住壁观,无自无他,凡圣等一,坚住不移,不随他教,与道冥符,寂然无为。"也就是通过凝神静坐的方式断绝一切思虑,进入无差别的境界。传说达摩在嵩山少林寺"面壁而坐,终日默然",就是"能断百思想"的典型。后来的五祖弘忍同样以坐禅为务,按照《楞伽师资记》的说法,弘忍的"东山法门"主张"背境观心,息灭妄念"。而神秀的北宗则要求人们"凝心入定,住心看净,起心外照,摄心内证",其主要精神都是"对境心不起",把断绝思想、心如止水看作是获得"菩提"的唯一途径。

而在慧能看来,佛教的目的是使人解脱一切外在的束缚,真正的菩提是一种自由的超越性的精神境界。倘若人们为了获得菩提而执着于默然打坐,为了获得解脱而害怕接触外境,那么正好与学佛参禅的目的南辕北辙,自由的心灵反而受到种种禁忌的拘束。所以慧能认为,若依照卧轮禅师所说去行事,"是加系缚"。为了解答僧人的疑问,慧能有意使用"翻案法",将卧轮偈的观点全盘翻转过来,凡是卧轮肯定的他都否定,如"有伎俩"改为"没伎俩","能断"改为"不断";凡是卧轮否定的他都肯定,如"心不起"改为"心数起",针锋相对,寸步不让。慧能承认自己没有卧轮那样善坐禅的伎俩,因而不能断绝各种思虑想法,面对外部世界的"境"总要起心动念。但是他认为,"菩提作么长",觉悟真理的智慧正是在不断思想、对境心起的过程中获得的。也就是说,人们在与现实世界的接触中即能顿悟自性,走向觉悟之途,而不必背境观心,面壁坐禅,舍弃现实人生。慧能的南宗禅提倡"即心即佛",认为自由自在、无念无住的虚空心,就是佛教的本体。世界的本质是无一物性,外在的一切事物都是幻象,而今生来世,罪孽功德,都在一念之间,只要顿悟自性,一切外在的束缚都是多余的了。得道成佛的关键不在于断绝思想,而在于心无所住。

慧能的这一思想,后来进一步被其法孙马祖道一发展为"平常心是道"的观点,即现实的心灵活动的全部就是佛性的显现,陷入迷惑的心灵本身,已经是觉悟的源头。何谓"平常心"?按马祖的话来说,就是"无造作,无是非,无取舍,无断常,无凡无圣"(《马祖语录》)。或是如圭峰宗密概括的洪州宗(马祖道一)的主张:"洪州意者,起心动念,弹指动目,所作所为,皆是佛性全体之用,更无别用。全体贪嗔痴,造善造恶,受乐受苦,此皆是佛性。"(《中华传心地禅门师资承袭图》)

寒林枯木

枯 木 偈

释法常

摧残枯木倚寒林，几度逢春不变心。
樵客见之犹不顾，郢人何得苦追寻？

——《景德传灯录》卷七

早期佛教的偈颂理过其辞，质木无文；而禅门偈颂则往往避免正面说理，提倡"活句"，追求"别趣"，寓禅理于形象之中，饶有诗意。中唐大梅山法常禅师（752—839）的这首偈，就是一首咏枯木诗，而其意蕴又远远超越于形象之上。

据《景德传灯录》记载，大梅法常是南宗禅马祖道一的弟子，曾经得到马祖"即心是佛"一言开示，顿然了悟，自此隐居于明州大梅山，几经春秋。一日，马祖的另一个弟子盐官齐安禅师派人去请法常出山弘法，法常写下两首诗偈婉言回绝了。这里选析的是两首诗偈中的第一首。

"摧残枯木倚寒林",禅师自比为独倚寒林的枯木,不动如如。意思是勘破色相,证悟本来,形如槁木,心如死灰。"几度逢春不变心",是说禅师的心能抵御任何来自外界的诱惑,虽然几次经历死灰复燃、枯木再生的机会,仍不改变原来抱定的退避红尘的宗旨。这种坚定的求道之心,使我们想起后来北宋禅师道潜的著名比喻:"禅心已作沾泥絮,不逐东风上下狂。"大梅法常认定马祖"即心是佛"之说,所以后来听人说马祖近日又道"非心非佛",他仍然一如既往,"任汝非心非佛,我只管即心即佛",坚持在当年的悟境中修行度日。

"枯木"之喻,至少有两端,一是比喻不动之心,二是比喻无材之用,以推辞盐官齐安禅师之请。这枯木甚至连做"柴"的资格都没有,又遑论做"材"?既然采薪的樵夫尚且弃之不取,持刀斧的木匠——郢人,又何必以求材用世的眼光来苦苦追寻呢?当年禅宗五祖弘忍在黄梅东山弘扬佛法,曾有学者问弘忍:"学道何故不向城邑聚落,要在山居?"弘忍答曰:"大厦之材,本出幽谷,不向人间有也。以远离人故,不被刀斧损斫,一一长成大物,后乃堪为栋梁之用。"(《楞伽师资记》卷一)这也许就是法常推辞盐官之请的原因。

大梅法常这首偈既生动委婉地表达了自己不愿出山

的想法,又暗寓笃信自己之所得,禅心已定,悟入空无,不随世移的决心。这种"几度逢春不变心"的守道不移,得到马祖的特别赞许:"梅子熟也。"

桃花悟道

悟 道 偈

释志勤

三十年来寻剑客，几逢落叶几抽枝。
自从一见桃花后，直至如今更不疑。

——《景德传灯录》卷十一

灵云志勤禅师（生卒年不详）本是福州长溪人，出家后游方到湖南大沩山，因见桃花而悟道，写下这首诗偈，并得到老师灵祐禅师（771—853）的认可。

根据偈中的描写，志勤三十年来一直在寻找剑客。剑客本是指精通剑术的侠客，在中晚唐民间社会中，多有剑客行侠的传说。然而一个出家人，孜孜不倦地寻找"剑客"，到底是为什么呢？原来，所谓"剑客"，只是一个比喻的说法，志勤其实是在寻找一个手持佛法利剑的禅宗大师，希望能彻底斩断自己情识见解、诸种烦恼之根。这三十年来，心中的烦恼如同一颗未死的种子，虽然年年都会像秋天的落叶一样枯萎,却总是在春天不断抽出新枝。最终,不是棒喝如雷、机锋似剑的禅师,而是风姿绰约、色泽鲜妍的桃花充当了斩断他一切情识烦恼的"剑客"角色。

那么我们要追问:为什么桃花能使志勤大彻大悟呢?

据《维摩诘经·观众生品》的描述,维摩诘居士和文殊菩萨向天人大众说法,说到半途,维摩诘丈室中有一天女出来散花。大弟子众认为花不净,想把身上的花瓣抖落,谁知却拂之不去。大菩萨们则已断绝一切分别想,花对于他们来说不垢不净,心中湛然不动,花瓣沾身自然坠落。这就是所谓"结习未尽,花着身耳;结习尽者,花不着也"。志勤见桃花而悟道,或许就因为在那一刻进入不垢不净的无分别想的境界。

"青青翠竹,尽是法身;郁郁黄花,无非般若",在对大自然的观赏中来获得对佛性的体认,是禅宗的主要证悟途径之一。或许志勤从桃花自由自在的开放中已体悟到"法身"和"般若"的无处不在。

水流花开,鸟飞叶落,本身都是无意识、无目的、无思虑的,也就是"无心"的。而这"无心",正是禅宗解脱烦恼的灵丹妙药。所以黄庭坚的诗说:"灵云一笑见桃花,三十年来始到家。从此春风春雨后,乱随流水到天涯。"(《题王居士所藏王友画桃杏花二首》之一)

或许志勤正是从桃花开落漂流的命运中，觉悟到无心任运、随缘自足的行为方式，从而返回自己的心灵家园。

也许志勤最可能觉悟到的是佛性的永恒，如他上堂演法时所说："且观四时草木，叶落花开，何况尘劫来天人七趣，地水火风，成坏轮转，因果将尽，三恶道苦，毛发不添减，唯根蒂神识常存。"（《景德传灯录》卷十一）因此，要超脱三界轮回，必须守护自己的根蒂神识。可以想见，志勤在看桃花的瞬间，便意识到永恒，于是超越时空因果，超越一切有无分别，从落叶抽枝的情识见解中彻底解脱出来。

浮云日闲

颂

释智闲

一入青山便爱山,无心更拟出人间。
但看流水长年急,何似浮云竟日闲。

——《香严颂》之三十

自晚唐开始,禅门出现了一些爱写诗偈的大师,如洞山良价、曹山本寂、香严智闲、乐普元安、南岳玄泰、龙牙居遁等,都有不少偈颂传世。其中香严智闲最有代表性。智闲(生卒年不详),青州人,沩山灵祐禅师法嗣,属南岳下四世。他抛瓦砾击竹出声而悟道,后开法于邓州香严寺。《新唐书·艺文志三》著录"智闲偈颂一卷二百余篇",《景德传灯录》卷十一称他"有偈颂二百余首,随缘对机,不拘声律,诸方盛行"。日本金泽文库藏抄本《香严颂》七十五首,这首诗是其中第三十首。日本学者石井修道推测作者是龙牙居遁,衣川贤次则认为尚无否定智闲所作的确切材料,因而暂且归于智闲名下为宜。

《香严颂》的主题是歌颂山居乐道,无事无为,和《龙牙和尚偈颂》相类似。但是山居乐道实为晚唐禅门的普遍思潮,智闲以偈颂写此内容,不足为奇。《香严颂》虽然共七十五首,但其主旨并不复杂,所以尝鼎一脔,足知其味。

此诗头两句"一入青山便爱山,无心更拟出人间",写出山居的快乐,把"青山"和"人间"作对比,一进入青山就爱上青山,再也不想回到人间。对于禅僧来说,青山不仅有迷人的风景,更可避开人间的各种烦恼和奔忙。

后两句"但看流水长年急,何似浮云竟日闲",把"流水"和"浮云"作对比,分别用二者比喻"人间"和"青山"的两种生活态度。人间俗世的生活,如司马迁所说:"天下熙熙,皆为利来;天下攘攘,皆为利往。"长年奔忙,不得停歇,如流水一般急急匆匆,奔流不息。而山居的生活,却不仅尽日与白云相伴,而且其心情也与白云一样悠闲。这就是寒山子诗所说:"野情多放旷,长伴白云闲。"值得注意的是,这里用"浮云"取代"白云",以与"流水"相对仗。"浮云"在佛教典籍里,本来并不是一个褒义的形象,如《维摩诘经·方便品》:"是身如浮云，须臾变灭。"然而在此诗中，"浮云"的"浮"却不是强调其虚幻，而是突出其悠游闲散的状态。换句话说，"浮云"的"浮"是为了与"流水"的"流"相对照而选择的动态形容词，僧人爱的是飘浮在青山中的浮云，喜欢"云无心以出岫"的自然适意，而鄙视匆忙奔去人间的流水，讨厌"水离山而不还"的急促忙碌。

这首诗的风格朴素自然，似乎冲口而出，无意为诗，然而细分析其两组意象对比，特别是后两句对仗的象征意义，便可知其看似平实而别具匠心，非深于诗深于禅者不可道此。

最后要说明的是，金泽文库藏抄本"竟"字作"覓"，罗时进整理校记称："覆勘抄本，似当为'覺'字。"衣川贤次据"覓"字旁训"ヒネムスニ"（日语"尽日"义）判断，当校作"尽"（见衣川贤次《禅宗思想与文献丛考》，第193页，复旦大学出版社，2017年）。然而，"尽"字字形与抄本"覓"字相差太远，我认为应当校作"竟"，因为"竟日"义为"尽日"，符合日语旁训，而"竟"与"覓"字形相近，因此抄本"覓"字乃涉形近而误。《明觉禅师语录》卷中："上堂：'善财别后谁相访，楼阁门开竟日闲。'"朱熹《再题吴公济风泉亭》："华林翠涧响，风泉竟日闲。"例子甚多，皆可为证，今据以校改。

过水睹影

悟 道 偈

释良价

切忌从他觅，迢迢与我疏。
我今独自往，处处得逢渠。
渠今正是我，我今不是渠。
应须恁么会，方得契如如。

——《景德传灯录》卷十五

禅者的困惑，莫过于"道"在何处的困惑。灵云志勤见桃花而悟，香严智闲以瓦击竹而悟。但你若以为道在桃花，道在瓦竹，而成天坐在桃树下，以瓦击竹，寻求顿悟，那可是本末倒置，大错特错，三十年下来，也免不了是个痴汉。所以洞山良价有言："切忌从他觅，迢迢与我疏。"向外驰求，反而日与道远。

洞山良价禅师（807—869）也有过求道的困惑。良价是禅宗五家之一曹洞宗的创始人，幼年出家，念《般若心经》,至"无眼耳鼻舌身意"处,忽然用手摸脸,问老师说:"我有眼耳鼻舌等,何故经言无?"老师不能答。从此,"我"的形骸和"我"的自性的关系问题,一直盘桓于他的心中。后来经云岩昙晟禅师的启发,初步理解"无情说法"的含义,懂得"水鸟树林,悉皆念佛念法"的道理。

一日,良价路过水边,见到自己在水中的倒影,终于觉悟到"道"之所在。道就是"佛性",就是"自性",所谓"即心即佛"。然而,自从人们的意识中有了"我"与"人"、"我"与"物"的分别,便导致了"我"与"渠"(自性)的分离,进入了自我意识的迷宫。人们忘记了"我"既是体道者,也是载道者,既是悟道的主体,又是悟道的对象,一味地"从他觅",幻想从无情的外物中去追寻佛理,从而放弃了对自性的体悟。良价正是在涉水睹影的那一瞬间,走出了自我意识的迷宫,欣然有悟。"我今独自往,处处得逢渠",原来佛性如影随人,步步不离,只要独往独来,反求自身,则处处可见佛性,又何须"从他觅"呢?"渠今正是我",是说水中之影正是我的形体,以喻"道"与"我"一体,暗契马祖道一"即心即佛"之说。"我今不是渠",是说我的形体非水中之影,以喻"我"之具体形骸与抽象的自性仍有区别,以免错将形骸当作参悟的对象。

"应须恁么会,方得契如如",是说只有对自我的超越和审视,认识"我"与"渠"的关系,才能契合常住不变的佛教真理。

水如同一面镜子,良价在镜子中认识到自己,最终领悟到自性具足、梵我合一的禅旨。其实,观桃花、闻击竹而悟道,无非也是跳出我物分别的意识迷宫,在自然物中发现自性。"汝等诸人,各信自心是佛"(《五灯会元》卷三马祖道一语),这就是道之所在。

幻质空尘

写　真

释澹交

图形期自见,自见却伤神。
已是梦中梦,更逢身外身。
水花凝幻质,墨彩染空尘。
堪笑余兼尔,俱为未了人。

——《唐僧弘秀集》卷九

唐僧澹交之名,一见于中唐顾况作《虎丘西寺经藏碑》,称叔父七觉至德三年(758)示终本山,付嘱门人澹交营造经藏。"澹交僧瑶,俗姓何,庐江次宗,其胄奉佛,不敢废师之命,自至德(至)贞元,龙在戊寅,绍建方毕。"(《华阳集》卷下)二见于《宋高僧传》卷十二《唐苏州藏廙传》,载藏廙卒于晚唐乾符六年(879),"时澹交为廙作真赞"。至德三年至乾符六年,相距一百二十年,所以两处澹交绝非同一僧人。这首《写真》诗的作者,应当是后者,即为藏廙作真赞的澹交。

写真,就是肖像画,所以这首诗是题画诗的一种。世俗和禅林都有肖像画,都追求"逼真"。那么,何为"真"呢?难道图画酷肖本人就是本人的"真"吗?难道面相本身就是自己的"真相"的存在吗?

"图形期自见,自见却伤神",请人给自己写真,本来是期望能认识自己,谁知见到自己的写真却反而倍感伤神。这是为什么呢?诗人给出的答案是:"已是梦中梦,更逢身外身。"《庄子·齐物论》早就说过:"方其梦也,不知其梦也。梦之中,又占其梦焉。觉而后知其梦也。"佛教典籍谈"梦中梦"者更多,《大智度论》卷五十:"如人梦中,梦有所见,自以为觉。梦中复梦,如是展转。"所以白居易《读禅经》诗曰:"梦中说梦两重虚。"至于"写真"之画,是用笔墨对四大和合而成的肉体形相的模仿,是身体之外的身体。《维摩诘经·方便品》:"是身如梦,为虚妄见。"是身已虚妄,肖像更等而下之,是模仿的模仿,影子的影子,梦幻的梦幻,与"真相"隔着三层。既然人生"已是梦中梦",而在此梦中,又见到"身外身"的写真,岂不更加令人黯然神伤。澹交这种对自我写真的看法,得到后世参禅者的认同,黄庭坚作《写真自赞》:"似僧有发,似俗无尘。作梦中梦,见身外身。"吴开《优古堂诗话》、吴曾《能改斋漫录》都认为取自澹交。

进一步而言,绘成肖像的水墨也属于"一切有为法",水花如同空花,所以凝结成的形相无非是"幻质",墨彩如同泡影,渲染出的面貌无非是"空尘"。禅门诸祖师好用"幻质"指身体,如寒山诗:"粝食资微躯,布裘遮幻质。"(《寒山诗》)汾阳善昭禅师《岁旦二首》之二:"幻质比浮云,空心同祖佛。"(《汾阳无德禅师语录》卷下)肖像更是如此。然而,澹交虽明白人生的虚幻,但在看写真之时,却只发现真相的残酷,只产生幻灭后的感伤,未能找到真正的解脱之路。所以诗的结尾,看到写真上那个像"余"的"尔",不禁哑然失笑,原来我和你"俱为未了人"。

南宋范晞文《对床夜语》卷五评论澹交这首诗:"或称其了死生,齐物我,予谓此诗,谓之不着题不可也,若论见识,则譬犹盲者之捕蝉耳,求其声尚不可得,况其形乎?清尚《哭僧》诗云:'水流元在海,月落不离天。'斯可以言悟。"的确,澹交这首诗虽紧扣"写真"的主题,符合题画诗"着题"的要求,但在见解上远不如清尚诗句那种"不生不灭"的人生态度来得高明。

吾躯即佛

偈

释契此

吾有一躯佛,世人皆不识。
不塑亦不装,不雕亦不刻。
无一滴灰泥,无一点彩色。
人画画不成,贼偷偷不得。
体相本自然,清净非拂拭。
虽然是一躯,分身千百亿。

——《五灯会元》卷二

明州奉化县布袋和尚,唐末至五代后梁时期僧人,未详氏族,自称名"契此"。据《景德传灯录》卷二十七的描写,契此的尊容是"形裁腲脮,蹙额皤腹",身体肥胖,行动迟缓,皱着额头,腆着大肚子。他出语无定,寝卧随处,常以杖荷担一布囊,生活用具都放在囊内,沿街乞食,不忌鱼肉俎醢。时人称他为长汀子布袋师。布袋和尚有不少神异的故事在民间流传,他不仅到处"叫化",乞食化缘,而且随处"教化",用他预测吉凶的特异功能,更用他便于传唱的白话偈颂。我们可以说,布袋和尚是唐代以来继王梵志、寒山之后的又一个白话诗僧。

这首偈用通俗的语言表达了禅宗"即心即佛"的观念。参禅学佛的人,最终的愿望是能成佛,所以到处求佛法。《景德传灯录》卷六记载马祖道一与大珠慧海禅师之间的一段对话:"初至江西参马祖。祖曰:'来此拟须何事?'曰:'来求佛法。'祖曰:'自家宝藏不顾,抛家散走作什么?我遮里一物也无,求什么佛法?'师遂礼拜,问曰:'阿那个是慧海自家宝藏?'祖曰:'即今问我者,是汝宝藏。一切具足,更无欠少,使用自在,何假向外求觅。'师于言下自识本心,不由知觉。"与此相比,布袋和尚偈说得更为形象。

"吾有一躯佛,世人皆不识",世人所识的佛皆是供养在佛殿、佛窟里的形象,那只是一些外在的泥塑木雕的佛像,而非内在的一切具足的佛性。"不塑亦不装"以下六句,说明藏在自家身体里的内在佛性,不同于佛教信徒用灰泥塑造、用雕刻装饰、用颜料描绘出来的偶像。这种内在的"佛"既画不出,也偷不走。这种表述使我们想起赵州和尚上堂所说的话:"金佛不度炉,木佛不度火,泥佛不度水,真佛内里坐。"(《景德传灯录》卷二十八)外人画不成、盗贼偷不走的正是"内里坐"的"真佛"。

这个"真佛"拒绝一切外在修饰,是自家本来面目。此处"体相"二字指形体相貌,与法相宗所言法性法相不同。所以"真佛"就是"真我",即体相本真自然的自我。此"自然"的"体相"未曾遭尘境污染,所谓"佛性常清净,何处惹尘埃",因此不需要"时时勤拂拭",不需要外在的持戒修行(参见《坛经》法海本)。就以上而言,布袋和尚偈可谓继承了六祖、马祖、大珠以来的南禅精神。

然而,这首偈的最后两句"虽然是一躯,分身千百亿",却超越了南宗的"教外别传",因为"分身"的概念,也贯穿于佛教诸经之中,即"教内"经典之中。如《法华经》卷四《见宝塔品》,称多宝佛"彼佛分身诸佛,一一在于十方世界说法",同书卷五《从地涌出品》称"尔时释迦牟尼分身诸佛,从无量千万亿他方国土来者"。有了最后两句,则布袋和尚的"一躯佛",便不仅是"一切具足"的清净法身佛,而且是能"分身千百亿"向民众教化的应身佛。

布袋和尚在临终前曾在岳林寺东廊下端坐磐石,而说偈曰:"弥勒真弥勒,分身千百亿。时时示时人,时人自不识。"说完便安然而化。后来其他州县有人看到他负布袋而行,坐实了分身的说法。于是,后世佛教徒因为布袋和尚关于"弥勒分身"的偈语,便根据禅籍记载"蹙额皤腹"的描写,塑造出大肚能容的弥勒佛的形象。具有讽刺意义的是,这躯佛却是用灰泥塑成、木头雕作或彩绘描就,供养在各地的弥勒殿上。

云天水瓶

赠药山惟俨诗

李 翱

练得身形似鹤形，千株松下两函经。
我来问道无余说，云在青天水在瓶。

——《景德传灯录》卷十四

李翱（772—841）是中唐儒家卫道士韩愈的弟子，曾著有《复性书》三篇，试图重建儒家的心性理论。不过，据《景德传灯录》记载，李翱另有追随禅宗大师药山惟俨（737—834）求道的经历，而这首诗就作于他见惟俨之时。

李翱当时任湖南朗州刺史，听说州内药山有位高僧，便前往参请。李翱虽懂得儒家的仁义之道，但对佛教生死解脱之道却不甚了了。特别是他外任来到朗州，更需要追问人生存在的意义。谁知来到药山，竟吃了闭门羹，惟俨禅师只顾看经卷，并不理会他。李翱性褊急，便说:"见面不如闻名。"惟俨呼"太守",李翱应诺。惟俨说:"何得贵耳贱目?"李翱知这和尚不简单,忙拱手拜谢,并提出"如何是道"的问题。然而惟俨并没有直接回答,只是用手指了指天上地下。李翱不懂其意,于是惟俨说了一句:"云在青天水在瓶。"一刹那间,李翱心中如云开雾散,恍然大悟,忻惬不已。

惟俨所说"云在青天水在瓶",通常的解释是:云在天空,水在瓶中,就好像我们人的鼻子是直的、嘴巴是横的一样,都是事物的本来面目,没有特别之处。只要悟见自己的本来面目,也就明白什么是道。此外,在禅宗的哲学象征系统里,云和水也都是有意味的意象。云在青天,自由飘荡,随意逍遥,象征着无拘无束的生活与闲适悠远的心境;水在瓶中,澄渟澹泞,纯净透明,象征着清静无为的生活与空寂澄明的心境。一上一下,一动一静,一远一近,一大一小,无言地昭示着梵我合一的真谛。

但惟俨以手指上下,还意味着他试图表示的是天地宇宙的时空概念,是一个问话者和解说者同时在场的时空概念,即"头上""目前"和"脚下"。当这样抽象的表示仍嫌费解时,惟俨干脆引进了双方能共同看到的具体景物来作描述。可以想象,当时头上的天空正有一朵白云飘过,而脚下正搁着一个装满清水的净瓶。惟俨用两个"在"字来形容云和水的状态，无非是要暗示李翱，所谓超时空的、永恒的、具有终极意义的"道"，其实都只能通过人对具有时间性和空间性的头上、目前、脚下的"此在"的体悟去把握。这使我们想起奥地利哲学家维特根斯坦的名言："不要想，而要看！"（Don't think, but look!）"如何是道？"道就存在于此时此刻即目所见的头上的云和脚下的水之中。这就是禅宗常说的"大道只在目前"。

这首诗表达了李翱悟后的感受，他也如惟俨一样"无余说"，只刻画了松下老僧读经书的场景以及云在青天水在瓶的画面，这也许是对禅宗之道有了深切的体会吧。

舟载明月

拨棹歌

释德诚

千尺丝纶直下垂,一波才动万波随。
夜静水寒鱼不食,满船空载月明归。

——《联灯会要》卷十九

这是一首流传非常广的诗偈。德诚禅师（生卒年不详）是药山惟俨的弟子，率性疏野，唯好山水，至秀州华亭，泛一小舟，随缘度日，人称"船子和尚"。有过路的官人问他："如何是和尚日用事？"船子作颂回答。《联灯会要》载三首，元刻本《船子和尚拨棹歌》收三十九首。这里选析的是其中最著名的一首。

诗偈写的是船子和尚的"日用事"，而展现了禅的非功利性的超越境界。平湖万顷，月光澄澈，一叶扁舟在湖中荡漾，舟中渔人垂下钓丝，水面荡起圈圈波纹。但是，如此沉静的夜晚，如此清寒的湖水，仿佛连游鱼都忘记了吞饵,渔人空手而归也不会有什么遗憾,因为他载回了满船如诗如画的明月。这首偈最后一句中的"空"和"满"二字大有深意:就鱼而言,船中空空如也;就月而言,却是满载而归。这里的"鱼"是一种欲求的对象,所谓"鱼我所欲也";而明月正如德国哲学家叔本华所说,"是一个观照的对象,从来不是欲求的对象"(《作为意志和表象的世界》)。显然,船子和尚正是从满船月色中悟出他在另一首偈里阐述的"不计功程便得休"的禅理。与船子和尚同时的鹅湖大义禅师有句名言:"法师只知欲界无禅,不知禅界无欲。"(《景德传灯录》卷七)这首偈中描写的垂钓如参禅,亦如审美,暗示了一个从欲界到禅界的顿悟过程。这片银色的世界,正是无欲的禅界,也是诗的境界。

也许渔父的生活最与禅家潇洒自然的人生哲学合拍,所以唐宋时期的禅师和诗人常借之来表现禅理。船子和尚这首偈无论其禅意和诗意都足以和柳宗元的《江雪》、张志和的《渔歌子》等渔父词媲美,北宋诗僧惠洪称"丛林盛传,想见其为人"。北宋诗人黄庭坚很喜欢这首偈,将其改写为长短句倚声歌唱:"一波才动万波随,蓑笠一钩丝。金鳞正在深处,千尺也须垂。 吞又吐,信还疑,上钩迟。水寒江静,满目青山,载月明归。"(见《冷斋夜话》卷七)

孤峰顶上

高高峰顶上

寒山子

高高峰顶上，四顾极无边。
独坐无人知，孤月照寒泉。
泉中且无月，月自在青天。
吟此一曲歌，歌终不是禅。

——《寒山诗》

到荒林寒岩中去过一种与世无争的自由生活，是中唐诗僧寒山子（生卒年不详）的证道方式。因此，这首诗不仅描写了他独坐孤峰、闲看明月的潇洒放旷的禅生活，也表现出他静坐观空所证悟到的禅境界。

"高高峰顶上，四顾极无边"，极形象地暗寓着禅宗的时空观念，如同临济义玄所说："一人在孤峰顶上，无出身之路；一人在十字街头，亦无向背，哪个在前，哪个在后？"（《镇州临济慧照禅师语录》）孤峰顶上，四顾茫茫，既无向背前后,也就不需要执着于方向了,东南西北都一样,过去现在亦无区别。禅人有"孤峰独宿"的话头,比喻已经证入"绝对境界"。寒山这两句诗,当作如是观。"独坐无人知,孤月照寒泉",暗示诗人观空证道的心境。寒山有诗云:"碧涧泉水清,寒山月华白。默知神逢明,观空境逾寂。"正是用泉、月的意象来比喻观空之境。而据《天台仁王经疏》云:"言观空者,谓无相妙慧照无相境,内外并寂,缘观共空。"此处"孤月"正是喻"无相妙慧","寒泉"正是喻"无相境"。如此理解并非牵强,在寒山自己的诗中就可以找出证据,如"吾心似秋月""圆满光华不磨莹,挂在青天是我心""因指见其月,月是心枢要"等诸多诗句,均以月喻心,而这"心"就是所谓"涅槃妙心""无相妙慧"。观空所悟,方知"泉中且无月,月自在青天",泉中之月乃是心之外境,是"尘境",是虚妄相,青天之月才是心之实相。

诗人深知禅是不可以用言语表说的,所以最后申明"吟此一曲歌,歌终不是禅",提醒世人切莫就此诗寻言逐句,以歌为禅。结尾的申明是禅宗惯用的随说随扫的方式,极具禅机而又自辩不是禅,非悟入者不能为此诗。诗中的意象如高峰、孤月、寒泉、青天等,构成清空虚静的意境,这正是禅人所证入的绝对境界的象征,所谓"内外并寂,缘观共空",以现象显示本体,以禅境表露禅心,这样的诗算得上是寒山禅诗中的精品。

寒山乐道

自乐平生道

寒山子

自乐平生道,烟萝石洞间。
野情多放旷,长伴白云闲。
有路不通世,无心孰可攀?
石床孤夜坐,圆月上寒山。

——《寒山诗》

寒山这首诗以"自乐平生道"开头,表明其主题与唐代禅宗山居乐道歌相似,表现的是"放旷""无心"的生活态度,礼赞在深山老林中所过的一种与世无争的自由生活。同时代的南岳懒瓒和尚《乐道歌》如是说:"山云当幕,夜月为钩。卧藤萝下,块石枕头。不朝天子,岂羡王侯。生死无虑,更复何忧?"道吾和尚《乐道歌》也如是说:"乐道山僧纵性多,天回地转任从他。闲卧孤峰无伴侣,独唱无生一曲歌。"(均见《景德传灯录》卷三十）其歌中不仅云幕月钩、藤萝石枕、孤峰独坐的生活场景类似寒山,而且"无虑""纵性"的山情野趣,也与寒山诗中的"放旷""无心"如出一辙。这是盛中唐以来南宗禅随缘自在、无所挂碍、适性而为的精神在山居诗中的体现。

这首诗颇有意味的是"长伴白云闲"一句。众所周知,自古以来白云就是人们在大自然中最常见的现象之一,它的物理性质千百年来本没有什么变化。可是,在中国古代诗歌中,白云的自然性质却被不同时期的诗人们赋予不同的情感意义。日本学者小川环树在其《风与云》一文中,分析了浮云、流云、孤云与中古时期感伤文学的关系,并指出上古与中古诗人们在"云"里寄托的情感方面的差异(《风与云——中国诗文论集》,中华书局,2005年)。中国学者葛兆光《禅意的"云":唐诗中的一个语词分析》一文认为,中唐以前,"云"的意象多带有漂泊无定、孤寂彷徨的悲凉色彩,这是文人尤其是汉魏文人感叹自身命运的内心写照。而自中唐始,由于受佛教及禅宗的影响,人们的观物方式发生了变化,"云"由外在的自然物象转化为悠然自在的禅意象征,自此而与心灵融为一体(《文学遗产》1990年第3期)。这种说法有一定的道理。

"长伴白云闲"就可以说是"感伤的云"变为"禅

意的云"的典型例句。在《寒山诗》中,类似的句子比比皆是,如"谁能超世累,共坐白云中""可重是寒山,白云常自闲""寒岩人不到,白云常叆叇""自在白云闲,从来非买山""下望山青际,谈玄有白云""白云高岫闲,青嶂孤猿啸""寒山唯白云,寂寂绝埃尘"等。分析这些句子,我们可发现,寒山诗中的白云大致含两种禅意:一是"闲",悠然自在,无拘无束;二是"寂",超世累,绝埃尘。前者契合寒山随缘任运、无心自在的生活态度,后者则是寒山追求的万机俱泯、隔绝尘缘的寂灭境界。

然而,必须指出的是,这些"禅意的云"并非像葛兆光所说,自此而与心灵"融为一体",因为,作为悠闲自在的禅意象征的"云",它只是禅僧闲适的伴侣和禅境的营造者,仍然是禅僧的心外之"物",被观照的对象。在寒山这首诗中,真正与心灵融为一体的是结句"圆月上寒山"。"圆月",即"禅意的月",这才是寒山在石床夜坐时觉悟到的禅心。这首诗的尾联,让人想起寒山的另外三首诗:"吾心似秋月,碧潭澄皎洁。无物堪比伦,教我如何说。""众星罗列夜明深,岩点孤灯月未沉。圆满光华不磨莹,挂在青天是我心。""寒山顶上月轮孤,照见晴空一物无。可贵天然无价宝,埋在五阴溺身躯。"第一首心与月尚是比喻关系,第二首便直接用月代替心，第三首更将埋藏于"五阴"（即色、受、想、行、识）之中、沉溺于身躯之中的心，视为与晴空孤月一样的天然无价宝。圆月喻禅心，一是取其圆满圆成之意，二是取其皎洁无瑕之意，三是取其虚空透明之意。

所以我们说，在寒山诗的象征系统里，白云乃是取其飘逸自在的悠闲形态，象征禅心之"用"；圆月才象征"无相妙慧照无相境"的禅心之"体"。就这首诗而言，其乐道的过程也由"放旷""无心"的山情野趣，最终达到心月同圆的禅悟之境。

水流月落

哭　　僧

释清尚

道力自超然，身亡同坐禅。
水流元在海，月落不离天。
溪白葬时雪，风香焚处烟。
世人频下泪，不见我师玄。

——《唐僧弘秀集》卷十

人生不可避免的归宿便是死亡，方外的僧人也不例外。僧人死后，其僧俗朋友往往有诗吊唁，形成专门的"哭僧"诗，《文苑英华》卷三百零五就列有"哭僧道"一门。如贾岛的"写留行道影，焚却坐禅身"（《哭柏岩禅师》）、周贺的"冻髭亡夜剃，遗偈病时书"（《哭闲霄上人》），都是哭僧诗的名句。

清尚，生平未详，只知与晚唐五代诗僧齐己同时。齐己《白莲集》卷四有《览清尚卷》诗曰："李洞僻相似,得诗先示师。鬼神迷去处,风月背吟时。格已搜清竭,名还看紫皁。从容味高作,翻为古人疑。"可知清尚诗有清僻高古的格调,与著名诗人李洞风格相似。

这首《哭僧》诗,未言所哭僧人法名,应当是原诗题已亡佚,后人编诗以其内容拟题《哭僧》。清尚吊唁的这位禅僧有很高的道行,首联"道力自超然,身亡同坐禅",是说此僧修行已达到"坐脱立亡"的境界,完全超然于肉身的束缚,其死亡如同坐禅一般,跏趺端坐,而直入涅槃之地。所谓"涅槃",就是超越世间一切法的生灭相,没有烦恼痛苦的"不生不灭"的状态。

何为"不生不灭"的状态?颔联给出极为形象而又包含哲理的说明:"水流元在海,月落不离天。"无论江水如何日夜流逝,它都永存留在大海。无论月亮如何东升西落,它都永不离开天空。僧人死亡了吗?没有,正如流逝之水,并未消失;正如坠落之月,并未毁灭。他的生命沉入寂静的大海,融入无尽的夜空,那便是"不生不灭"的涅槃境界。这两句将生命的终结看得如此淡定超然,又如此庄严神圣,生命的涅槃意味着佛性的永恒,灵魂与大海、天空完全融为一体。

"溪白葬时雪,风香焚处烟",两句先后倒装,写禅僧的火化与安葬。正因为"身亡同坐禅"的超然,所以尸骨的焚化安葬也是如此充满诗意:临溪安葬时,天空飘雪,倒映溪水,一片洁白;清风带着馨香,那是焚烧处的气味,轻烟缭绕。"时"与"处"突出葬礼的时间和空间。亡僧的火化仿佛是一场唯美艺术的展现,没有恐惧,没有丑陋,也没有痛苦,只有皑皑白雪和杳杳香烟。

然而如此圆融的涅槃,如此美妙的死亡,世俗之人又如何能够领会。"世人频下泪,不见我师玄",坐亡禅师已超越形体的存亡,深入极幽玄的境界。所以,清尚这首诗虽题为《哭僧》,其主旨却是对"哭"的超越,"哭僧"而鄙视"下泪",诗思可谓奇僻超绝。正如范晞文所言:"斯可以言悟。"

明田艺蘅《留青日札》卷五比较清尚与贾岛的哭僧诗:"贾岛'写留行道影,焚却坐禅身',即其本色语,已在面目外,更不必谓'烧杀活和尚'也。总不若清尚云'道力自超然,身亡同坐禅',则行圆示寂,真坐化也。'水流原在海,月落不离天',既得禅宗上乘,而'溪白葬时雪,风香焚处烟',则非烧杀矣。'世人频下泪,不见我师玄',则俗人昧于无生之理,故尔哀之,盖不知我师玄妙之法,正欲离形耳,可谓深探三昧者。又何必云'自嫌双泪下,不是解空人'。使浪仙早达此种色相,岂肯便返初服?故必见得一层透,然后说得一层透。"这是说禅境的高低直接影响诗境的高低,清尚优于贾岛之处，正在于对佛理的领悟更为通透，"深探三昧"，因而不至于像贾岛那样未能脱生死，最终重新还俗。

"水流元在海，月落不离天"，大约是对死亡的最高礼赞。后来禅师不仅借用来讨论僧人的涅槃（《建中靖国续灯录》卷二十一），甚至以之赞颂太皇太后的升天（见《禅林僧宝传》卷二十六），可见这两句诗影响的深远。

钟声夕阳

夏日草堂作

释齐己

沙泉带草堂,纸帐卷空床。
静是真消息,吟非俗肺肠。
园林坐清影,梅杏嚼红香。
谁住原西寺,钟声送夕阳。

——《白莲集》卷一

齐己(863—937)为晚唐五代著名诗僧,有《白莲集》传世。这首诗为《白莲集》压卷之作,写他自己夏日在草堂中的日常生活。按佛教的规定,每年夏四月十五日到七月十五日,僧徒静居寺院,严禁外出,谓之安居,也称为结夏。草堂,即禅僧居住的草庵、茅屋。据《宋高僧传》齐己本传,他自湖南沩山出家,至德山发解悟,"凡百禅林,孰不参请"。因此《宋高僧传》虽将他列在"杂科篇",而实际上他属于禅门僧徒。这首诗正是表现了禅僧在结夏安居时的生活。

"沙泉带草堂",沙泉表明泉水之清澈,从沙中渗出,非污泥浊水。此沙泉如带环绕草堂,可见环境之清爽。纸帐,是用藤皮茧纸缝制成的帐子,以绨布为顶,取其透气。唐宋以来僧道隐士喜用之。"纸帐卷空床",因其环境清爽,蚊虫绝迹,所以将纸帐收卷起来,唯余空床。空床用作什么?齐己用它来坐禅或吟诗,这是他日常生活的两大内容。

"静是真消息",消息,意为休息、止息。入夏安居,以坐禅为第一要务,目的在于止息烦恼。所以能澄心静虑,方是真正的休息休养。这是齐己作为遵守戒律的僧人的一面,夏日安居而静坐。但另一方面,齐己又是一个酷好吟咏的诗人,"闲辰静夜,多事篇章",以至于颈上生个瘤子,也被人称为"诗囊"(《宋高僧传》本传)。在夏日安居的日子里,岂能禁得住不吟诗?齐己在好些诗歌里都将坐禅与吟诗并举,或是"坐卧与行住,入禅还出吟"(《静坐》),或是"日用是何专,吟疲即坐禅"(《喻吟》),或是"一念禅余味《国风》"(《谢孙郎中寄示》)。按照传统佛教的观念,诗是绮语口业,是出家人应该禁止的东西。齐己也深知这一点,他会为自己吟诗的癖好感到羞愧,称之为影响静坐的"诗魔",他常苦恼于"正堪凝思掩禅扃,又被诗魔恼竺卿"(《爱吟》)。

然而，在这首诗里，齐己特地辩解，自己的吟诗与坐禅并无冲突，"吟非俗肺肠"，吟咏的并非世俗之情感，算不上绮语口业，正因其吟咏"非俗"而"即真"，所以诗心与禅心两不相妨，可同合大道。

草堂坐落在园林中，不仅环境清爽，而且格调优雅，诗僧经行于其间，坐卧于其间，"清影"二字既是园中的树影，也双关诗僧的身影，类似贾岛诗所谓"独行潭底影，数息树边身"。初夏梅杏满园，诗僧于此观赏其颜色，品味其芳香。"梅杏嚼红香"可以说炼字极佳，"梅杏"此时当指青梅红杏，暗含花与果，"红香"指其色泽芬芳，作用于视觉、嗅觉，而"嚼"字则故意用口的动作来表现眼、鼻的作用，可称为通感。此"嚼"字，是慢慢咀嚼之意，对梅杏之红香的品尝更显得滋味悠长，同时也打通感官之间的界限。

这首诗最意味深长的是其尾联："谁住原西寺，钟声送夕阳。"充满诗情画意。"原西寺"是指原野西边的寺院，当薄暮的钟声敲响之时，夕阳在寺后山林中渐渐西沉。钟声、夕阳分别从听觉和视觉上暗示时间的流逝，夏日的一天就这样过去了。住在原西寺的是"谁"呢？就是那在寺旁草堂里坐禅、吟诗、赏景的诗僧。杳杳钟声和渺渺夕阳的结尾，可谓意兴深远，令人回味无穷。

元代方回《瀛奎律髓》卷四十七称此诗"句句有

味","为僧徒所重,其来久矣,实亦清丽"。的确,这首诗颇为禅林中好舞文弄墨的僧人所喜爱,如宋代惠洪禅师曾用此诗八句分别为题,作八首六言绝句(见《石门文字禅》卷十四),其后明代圆修禅师又仿效惠洪用此诗八句作八首六言绝句(见《天隐修禅师语录》卷十九)。而宋代志璿祖灯禅师上堂云:"瘦竹长松滴翠香,流风疏月度炎凉。不知谁住原西寺,每日钟声送夕阳。"(《五灯会元》卷十六)更将此诗的尾联嵌入诗中,改造为一首优美的七言绝句。

花红知空

观牡丹偈

释文益

拥毳对芳丛,由来趣不同。
发从今日白,花是去年红。
艳冶随朝露,馨香逐晚风。
何须待零落,然后始知空。

——《五灯会元》卷十

五代十国的南唐,有个文益禅师(885—958)住持金陵清凉寺,号大法眼禅师,他是禅宗五家之一法眼宗的创始人。据《五灯会元》记载,法眼文益一日与李王(李中主璟)论道罢,同观皇家御苑中的牡丹花。王命作偈,文益立即赋诗一首,王顿悟其意。又据《五代史补》,僧谦光,金陵人,素有才辩,江南国主以国师礼之。显德中,政乱,国主犹晏然不以介意。一日,因赏花,命谦光赋诗,所赋即此诗。可见僧谦光即文益禅师。《冷斋夜话》卷一也载此事,背景却不太一样,故事说宋太祖将问罪江南,李后主(李煜)用谋臣计,欲拒宋军。法眼禅师观牡丹于后主皇宫内,因作偈讽之,后主不省,宋军遂渡江。文益卒于五代后周显德五年,其时南唐国主为李璟,《冷斋夜话》误记。

表面上看,这是一首咏物诗,借牡丹起兴,抒发一番人生无常的感慨,但细细玩味,别有意味深长的禅理诗趣。"拥毳对芳丛,由来趣不同",拥毳,指裹着僧袍。同为观牡丹,为何趣味不同?因为有悟与不悟的区别。区别何在?迷者只见花的表象,悟者却见花的实相。何为表象,何为实相?"发从今日白,花是去年红",观花人老,花红依旧。这两句从唐人刘希夷的名句"年年岁岁花相似,岁岁年年人不同"(《代悲白头翁》)之意化出。既然人生无常,那么,今年之花果然是去年之花吗?花红究竟是真是幻?

"艳冶"二句极力铺写牡丹的色艳香浓,与朝露为伴足见其娇嫩欲滴,与晚风相随足见其馨香远播。然而,"朝露""晚风"的意象选择似还有一层深意。佛经上常说:"此身危脆,等秋露朝悬。命若浮云,须臾散灭。"(敦煌写本《佛书》)"随朝露"暗示花红易衰,"逐晚风"暗示花香易散。若依禅家的观点,有形之万物为"色",由因缘而生,本非实有,故有"色即是空"之说。换言之,"色"是表象,"空"才是实相。牡丹的"艳冶""馨香"均为"色",因此,"何须待零落,然后始知空","艳冶""馨香"本身就是空。宋人有诗云:"长说满庭花色好,一枝红是一枝空。"(《竹庄诗话》引)正和法眼禅师这首偈意义相同。

  苏轼说:"诗以奇趣为宗,反常合道为趣。"(《冷斋夜话》卷五引)大梅法常的偈以枯木喻不动的禅心,这是不反常而合道;而法眼文益却在红花满枝的艳冶馨香中看出"空"的实相,在繁华中悟出空无,可以说深得"反常合道"之奇趣。

日在居西

圆成实性颂

释文益

理极忘情谓,如何有喻齐。
到头霜夜月,任运落前溪。
果熟兼猿重,山长似路迷。
举头残照在,元是住居西。

——《金陵清凉院文益禅师语录》

法眼文益是晚唐五代最有文学修养的禅师之一,《宋高僧传》本传称他"好为文笔,特慕支、汤之体,时作偈颂真赞,别形纂录"。东晋支遁和南朝宋汤惠休两位僧人擅长作诗,故后人以"支、汤之体"代指僧人的诗歌。《宋高僧传》又载希觉律师称文益为佛门的"游、夏",意谓其文学修养相当于孔门的子游、子夏。文益曾撰写《宗门十规论》,反对当时流行的缺乏诗意、不讲修辞的野语俗谈,提倡"烂漫有文,精纯靡染"的偈颂。

这首颂为一首五言律诗,除了颔联未对仗以外,其余平仄格律完全符合五律要求。首联"理极忘情谓,如何有喻齐",讨论的是佛教的第一义,即实性圆成之义。"情谓"是指事物的情尘与称谓,"喻齐"是佛经诠释常说的"法喻齐举",指解说与比喻共举。然而,由于圆成的实性是最高真理,达到理的极致,因此无一"情谓"可企及,无一"法喻"可说明,也就是无一语言文字可传达。然而,文益虽声称此真理忘情谓,无喻齐,但为了启示学人,赞颂佛理,却不得不言说。那么,怎样言说才能更接近此"理极"的境界呢?

"到头霜夜月,任运落前溪",当一法不立、一喻不生推到极致即"到头"之时,便只剩下参禅者感受到的客观存在:霜天之夜的圆月,仿佛任随命运一般坠落在山前的溪水之中。这就是参禅者"即物即真"的体验。但这两句看来是纯然的写景,未尝不隐含有某种象征的意义。霜夜皎洁,影映溪水,这难道不是永嘉玄觉《证道歌》所言"一月普现一切水,一切水月一月摄"的现象吗?而其象征的则是"一性圆通一切性,一法遍含一切法"的哲理。"任运"二字更暗示出霜月代指圆成的心性。

"果熟兼猿重,山长似路迷",仍然似是写景。树上果子已成熟,再加上猿猴的重量,想必即将落地。"果熟"在佛典里常用来比喻因缘成熟，猿猴在佛典里则喻难调伏的心性。此句暗示心性已近圆成。然而山长水远，迷途失路，不知前行何处才能找到归宿。此句则暗示参禅求道的过程仍非常艰难。

最后两句"举头残照在，元是住居西"，追寻多时而不得，举头一看，夕阳原来就在自己住所的西边。瞬时顿悟，四处寻找的"道"——那浑圆如同心性的太阳，原来就在近旁，何须向山长水阔处追寻。一切自然现前，如此圆成，物原来如此，心亦原来如此。《山谷诗集注》卷五《柳闳展如子瞻甥也其才德甚美有意于学故以桃李不言下自成蹊八字作诗赠之》其八："八方去求道，渺渺困多蹊。归来坐虚室，夕阳在吾西。"任渊注："法眼禅师《金刚经四时般若颂》曰：'理极忘情谓……原是住居西。'此用其意，谓道在迩而求之远也。"黄庭坚的化用，可以帮助我们对这首颂的理解。

《金陵清凉院文益禅师语录》所载这首颂没有题目，任渊称其为《金刚经四时般若颂》，圆悟克勤《碧岩录》卷四、卷九皆称之为《圆成实性颂》。无论如何，此颂所说的"理极"乃是指佛教不可言说的"第一义"。文益摒弃演绎性、分析性及说明性的语言，采用了直现物象的意象语言，充分展示了他的文学修养和禅学智慧的完美统一。

林下商量

拟寒山诗

释泰钦

幽鸟语如簧,柳垂金线长。
烟收山谷静,风送杏花香。
永日萧然坐,澄心万虑亡。
欲言言不及,林下好商量。

——《禅宗诸祖师偈颂》卷上之上

"拟寒山诗"是五代以来禅门的一个重要写作传统。在宋代禅籍里,常看到这样的说法:"渔父子歌甘露曲,拟寒山咏法灯诗"(《罗湖野录》卷上淳藏主山居诗),"汝记得法灯拟寒山否?"(同上书卷下枯木成语)由此可见,法灯禅师(?—974)是拟寒山诗写作传统的开创者。考诸禅籍,今存最早的《拟寒山诗》正是法灯所作,可证实我们的判断。法灯禅师,法名泰钦,五代南唐人,住持金陵清凉院,为法眼文益的弟子。宋释子昇编《禅门诸祖师偈颂》收《法灯禅师拟寒山》十首，此处选析其一首。

这首诗写的是僧人山居生活。事实上，寒山诗中本身就有一部分写这样的题材，以至于明释正勉编《古今禅藻集》，就直接给所选寒山子诗冠名为《山居杂诗》。因此，法灯的《拟寒山诗》描写山居生活的适意，正是继承了寒山诗的精神。

诗的前四句从不同角度写山中春天的景色：阵阵鸟语，如笙簧一般优美动听；依依垂柳，如金线一样随风飘拂。山谷中烟雾消散，四下一片寂静；杏林里清风掠过，送来几缕幽香。作用于耳根的，则有音乐般的鸟语；作用于眼根的，则有黄金般的柳条；作用于鼻根的，则有杏花的清香；作用于身根的，则有春风拂掠的触感；而作用于意根的，则是"烟销日出不见人"的宁静。总之，这四句全方位描写了春天的声音、色彩、香味、气氛给人的感受。有僧问云门文偃："如何是佛法大意？"答曰："春来草自青。"以上四句不正是以大自然春天的本来面目暗示了"佛法大意"么？这就是禅师们常说的"目前事"。

面对如此圆满自足的春天景色，禅僧只是"永日萧然坐"，从早到晚，既无为，也无言，空寂安静地打坐参禅，体会那大自然昭示的佛法大意。而他也在静坐中

"澄心万虑亡",让心灵摒除了一切妄念,过滤了一切杂质,如一汪清水般澄净莹澈。"欲言言不及"二句,很容易使我们想起陶渊明的诗:"此中有真意,欲辨已忘言。"禅僧在山居生活中体会到的心灵净化,也是如此,怎能通过语言传达给他人?若要领悟此中的真意,还是一道来林下萧然静坐吧,这无言的静默、山居的体验才是真正的"商量"。

这首诗的尾联常被后世禅师借用来说法,如南岳自贤禅师:"上堂云:'五更残月落,天晓白云飞。分明目前事,不是目前机。既是目前事,为什么不是目前机?'良久,云:'欲言言不及,林下好商量。'"(《五灯会元》卷十九)保宁仁勇禅师:"上堂云:'欲言言不及,林下好商量。且道,作么生商量?'"(《保宁禅院勇和尚语录》)可见其经典性。

值得一提的是,法灯这首山居诗中充满了活泼泼的生机,有着春日田园和煦的韵味。意象选择方面,以垂柳杏林取代了枯木寒岩,不同于寒山诗那种枯寂避世的风格。所以虽曰"拟寒山诗",其实表现的是近似僧家园林的生活,这也许与法灯本人住持金陵清凉院的经历分不开吧。

石上看山

寒林石屏
释无闷

草堂无物伴身闲,唯有屏风枕簟间。
本向他山求得石,却于石上看他山。

——《唐僧弘秀集》卷八

唐诗僧无闷,生平不可考,《全唐诗》收他的诗二首,此为其一。寒林石屏,石屏风的一种。其石上纹路如水墨所画"寒林图",切割而制为屏风,故号为"寒林石屏"。北宋文人刘敞有《寒林石屏风》诗曰:"屏风画山皆任假,寒林石屏自然者。苍纹绀脉乱交加,短树高枝自潇洒。"(《公是集》卷十八)大意是说,一般画屏上山水都是画家假合而成,而寒林石屏却是出于自然造化,石头本身的纹理形成短树高枝的寒林景色,与人工无关。这就是对"寒林石屏"的形象描绘。

无闷这首诗,重点不在于描述石屏上酷肖寒林的风景,而在于探讨石与山之间的关系。"草堂无物伴身闲,唯有屏风枕簟间",草堂,即茅屋,由此居处可知无闷是禅僧。这两句写禅僧的居室是如此简陋,身闲无事,然无物相伴,只有立在枕后的屏风可供观赏。屏是石制屏风,簟是竹制凉席,与草堂共同构成禅僧清苦的生活环境。然而,这石屏风却是珍稀之物,极有观赏价值,正可供禅僧作自由的观照冥想,有如后来禅院中的枯山水一般,尽可想象大海的波涛和海中的岛山。

这首诗精彩之处在后两句,"本向他山求得石,却于石上看他山",石屏本来是从他山求得的石材制成,是他山的一部分,如同韩愈《石鼎联句》所谓"巧匠斫山骨"而得来,此时却从石屏的纹理中可看出他山的整体材质风貌,而且石屏的纹理本身又构成图画,展现出他山的寒林风景。因而,"却于石上看他山",既是僧人观照冥想的过程,也是其观照冥想的结果。用"法眼"观照石屏,此石与他山就形成了这样几层富有禅意的关系:

首先是此与彼的关系,既称产石材之山为"他山",则与之相对的概念就是"此石"。石屏在枕簟间,隐然意味为我所有,而他山在视野外,则与我无关。换句话说,"此石"象征"自者",而"他山"象征"他者"。然而在观照过程中,自者与他者竟可互相容摄,互相转换。

其次是个别与全体的关系，他山可切为若干石屏，而若干石屏可组成他山。从他山中取一石屏，相当于遍大海味具于一滴；从石屏中看他山，相当于尝一滴水而知大海味。永嘉真觉大师《证道歌》云："一月普现一切水，一切水月一月摄。"（《景德传灯录》卷三十）而在这首诗里，便是"一石普现一切山，一切他山一石摄"。

再次是小与大的关系，用华严法界海慧观照世界，不仅是"一为千万，千万为一"，而且也是"小中见大，大中见小"（苏辙《洞山文长老语录叙》）。求他山而得此石，这是大中见小；观石屏而见他山，这是小中见大。

最后是真与妄的关系，设若提供石材的他山为"真"，那么石上的他山寒林景色则是"妄"。进一步冥想，石屏上的"他山"，未必不可以"求得石"，而求得的石屏上又可看到"他山"。如此一来，石上有山，山上有石，循环往复，以至无穷。真妄互摄而至圆融，如"两镜互照，中置一灯，相互影入，交参无碍"（释宗密《华严经行愿品疏钞》卷一）。

当然，此石与他山的这几层关系，皆为理路分析的结果，无闷的诗本身简捷明快，并未如此啰嗦，也许只是表达了"见山只是山"的当下的禅经验罢了。

声贵里空

鱼 鼓 颂

释从谂

四大犹来造化功,有声全贵里头空。
莫嫌不与凡夫说,只为宫商调不同。

——《赵州录》卷下

唐高僧从谂禅师(778—897),曹州郝乡人,俗姓郝氏。得法于南泉普愿禅师(748—834),住赵州观音院,世称赵州和尚,有《赵州和尚语录》(简称《赵州录》)传世。鱼鼓,鱼形木鼓,即木鱼,寺院中敲击木鱼,以作斋饭、普请报时之用。《敕修百丈清规》卷八《法器》:"木鱼,斋粥二时长击二通,普请僧众长击一通,普请行者二通。"《释氏要览》卷三《杂纪》:"今寺院木鱼者,盖古人不可以木朴击之,故创鱼象也。又必取张华相鱼之名,或取鲸鱼一击蒲牢,为之大鸣也。"中国古代以"八音"称八种不同材料制作的乐器,即金、石、丝、竹、匏、土、革、木。鱼鼓属于"木音"。

这首诗借颂鱼鼓而喻人生态度。诗的头两句"四大犹来造化功,有声全贵里头空",《五灯会元》卷四录此颂"犹"作"由"。按,古"犹"字通"由"。佛教以地、水、火、风四种物质元素为"四大",认为此四者广大,能产生出一切事物和道理。制作鱼鼓的木头,即是四大造化的产物。佛教认为人的身体也由"四大"构成:地指人体的固体物质,如骨肉毛发之类;水指人体的液体物质,如汗、泪、尿、津液之类;火指人体的热量;风指能让人体运动的物质。所以"四大"双关鱼鼓和人体。鱼鼓是由大木制作的,外面鱼形而内里掏空,撞击时因中空而发出声响。换言之,鱼鼓之所以能发声,乃贵在其"四大"皆空。这是咏鱼鼓,何尝不是说出家人呢?出家人只有做到"四大皆空",才能发出真正的声音,即佛音。

然而,"四大皆空"的鱼鼓之声,一般人又怎能体会呢?后两句"莫嫌不与凡夫说,只为宫商调不同",正表达了这样的意思。鱼鼓声声,犹如演说佛法,而凡夫愚钝,全然不解。凡夫所欣赏的大抵是悦耳娱情的丝竹之声,是抗坠抑扬的宫商之调,怎能领会笃笃鱼鼓声中蕴含的妙义。所以不要说什么鱼鼓不对凡夫宣讲佛法,而是因为"宫商调不同",凡夫与高僧之间对声音的欣赏趣味完全不同,根本不在同一层次上。这里在嘲讽凡夫时暗示了这样的哲理:如果没有"四大皆空"的参禅体验,就很难从鱼鼓的"有声全贵里头空"那里获得心灵的共鸣。赵州和尚的诗颂,语言朴素浅易,而设喻巧妙,准确地抓住鱼鼓中空的特点展开议论,因而形象生动而说理有趣。

百尺竿头

偈

释景岑

百尺竿头不动人,虽然得入未为真。
百尺竿头须进步,十方世界是全身。

——《祖堂集》卷十七

唐代高僧景岑(生卒年不详)也是南泉普愿禅师的法嗣,初住湖南长沙鹿苑寺,为第一世,号招贤大师。《祖堂集》载有景岑作此诗偈的背景:"师令侍者去会和尚处问:'和尚见南泉后如何?'会和尚良久(默然无语)。侍者进云:'未见南泉已前事如何?'会和尚云:'不可别更有也。'侍者却归,举似师。师当时有偈曰……"显然,诗偈是为评论会和尚的回答而作的。会和尚是景岑的同学,一起跟从南泉普愿参究禅理。从会和尚对僧人的回答中,可见他已得到南泉的禅法。但是,在景岑看来,会和尚这样的修行还有待提高,于是在诗偈中用爬竿的杂技表演者作比喻。

因此,"百尺竿头不动人",是写技艺高超、身处险境的上竿伎,比喻已得南泉禅法的会和尚。上竿,亦称缘竿,古称"缘橦",为百戏之一种。《明皇杂录》卷上载:"玄宗御勤政楼,大张乐,罗列百戏。时教坊有王大娘者,善戴百尺竿,竿上施木山,状瀛洲、方丈,令小儿持绛节,出入于其间,歌舞不辍。"玄宗令神童刘晏咏王大娘戴竿,刘晏应声曰:"楼前百戏竞争新,唯有长竿妙入神。谁得绮罗翻有力,犹自嫌轻更着人。"唐宋诗人常用"百寻竿""百尺竿""百丈竿"比喻身处艰难险境,如刘禹锡《酬思黯见示小饮四韵》:"百寻竿上掷身难。"晏殊《咏上竿伎题中书壁》:"百尺竿头袅袅身,脚腾跟挂骇傍人。"因此,能在百尺竿头稳稳不动的伎者,其技艺和胆量的确令人惊叹。然而"虽然得入未为真",这只是达到"技"的入神,并未进于"道"的真境。正如会和尚,虽得到禅法,却还未得到禅的真谛。那么,什么才是景岑心目中的"真"呢?

在景岑看来,还有比"百尺竿头"更令人神往的境界,这就是所谓"技近乎道"的境界,即体悟到"十方世界是全身"的真谛。参禅之人须进一步修炼,达到那样的境界,才算得上终极意义上的"为真"。景岑上堂说法,最爱讲十方世界之事:"所以向汝诸人道:尽十方世界是沙门眼,尽十方世界是沙门全身,尽十方世界是自己光明,尽十方世界在自己光明里,尽十方世界无一人不是自己。"(《景德传灯录》卷十)这样的话,当参禅者将十方世界看作自己全部身心的时候,当参禅者将全身心融入十方世界中去的时候,那么,百尺竿头的艰险便不值一提。因为纵然是千尺竿头、万尺竿头,无不是十方世界的一部分,也就是自己全身之所在,还有什么"掷身难"可言呢?正如陈师道送朋友的诗中所言:"欲逃富贵疑无地,千丈竿头试手看。"(《送杜择之》)面临不可避免的富贵命运,仍然可以像千丈竿头转身一样容易,当然前提是必须觉悟"十方世界是全身"。

《景德传灯录》景岑偈作"百丈竿头",但"百尺竿头"的版本更为流行,《联灯会要》《五灯会元》所载都和《祖堂集》一致。宋人韩维《奉和君俞以子华古德颂见示》:"百尺竿头进步人。"黄庭坚《题竹尊者轩》:"百尺竿头放步行。"皆作"百尺竿头"。后来,景岑的偈语更演化为成语"百尺竿头更进一步",比喻已取得很高成就之后继续努力进步。

傀儡无根

拟寒山拾得二十首（其十一）

王安石

傀儡只一机，种种没根栽。
被我入棚中，昨日亲看来。
方知棚外人，扰扰一场呆。
终日受伊瞒，更被索钱财。

——《临川先生文集》卷三

北宋著名政治家王安石（1021—1086）晚年罢相后，居住金陵钟山，喜欢看佛书，并将自己学佛的心得写成《拟寒山拾得二十首》。这组诗多用方言俗语表现佛理，模仿寒山诗口吻，惟妙惟肖，这首咏傀儡的诗也不例外。傀儡，即木偶，木刻为人形，由绳索牵掣活动。傀儡一说起源于周穆王与盛姬观偃师造倡于昆仑之道，一说起源于汉高祖平城之围，用陈平计，刻木为美人立城上，以诈冒顿阏氏。总之，到了唐代，傀儡戏已流行于南北城镇；特别是到了宋代，都市里勾栏瓦肆更少不了傀儡表演。

禅师向来有借用傀儡说禅理的传统，虽然寓意各有不同。如《景德传灯录》卷五司空山本净禅师偈："见道方修道，不见复何修？道性如虚空，虚空何所修？遍观修道者，拨火觅浮沤。但看弄傀儡，线断一时休。""弄"指扮演脚色或表演节目。这是借傀儡线一断即一切表演皆休的现象，比喻世相一切皆虚妄不实，由此主张"无修无作"的禅观。而同书卷十二载临济义玄禅师回答"第三句"语："看取棚头弄傀儡，抽牵全藉里头人。"同书卷三十载苏溪和尚《牧护歌》："那知傀儡牵抽，歌舞尽由行主。"则是比喻凡夫俗子的人生，仿佛被一根无形的绳索牵着拽着，没有自性，如同傀儡表演歌舞一般，不能支配自己的命运。大慧宗杲禅师就曾经戏称沩山灵祐禅师的弟子是一群"肉傀儡"，不知自悟，只靠老师帮他们牵抽手脚，替他们说话（见《正法眼藏》）。

寒山诗集里也有一首诗提到傀儡："寒山出此语，此语无人信。蜜甜足人尝，黄檗苦难近。顺情生喜悦，逆意多嗔恨。但看木傀儡，弄了一场困。"大抵是讽刺世人喜欢甜言蜜语，讨厌良药苦口，如同傀儡戏一般，看时高兴，表演结果无非是一场疲惫困顿而已，毫无收获。王安石在寒山、临济诸僧借傀儡说理的基础上,进一步引而伸之,通过对傀儡戏棚里棚外的观察,表明自己所悟人世间的佛理。

"傀儡只一机,种种没根栽",两句描写傀儡构成的本质:它虽由木头刻成,却是无根之木;它虽有人的形状,却没有人的六根。"根"字双关树木之根与人的六根。"没根"的傀儡,受制于牵扯它的机关,犹如世上被客尘烦恼遮蔽根性的俗人,每日里眼、耳、鼻、舌、身五根被色、声、香、味、触等外在尘境所诱惑,不知心之所止。正如李壁注此诗所说:"心役于五根,亦犹傀儡为人牵掣。"换言之,傀儡只有"机"之巧而无"根"之性,是无生命的存在形式。

"被我入棚中,昨日亲看来",写得活灵活现,仿佛诗人真到戏棚后台看了傀儡表演,还用了"昨日"这样的时间副词佐证。这两句看似幼稚的描写,其实暗喻自己终于亲证亲悟,透过人身的外在形式看到了人生的内在本质,人生在世大抵如靠机关牵扯的木头,常常没有自我根性。这两句与前两句之间,采用了倒叙手法,意谓我昨日入傀儡棚中,亲眼见到傀儡本是无根之物,只有一机而已。

后面"方知棚外人"四句,写觉悟之人对傀儡戏的认识。棚外之人不知傀儡的假象,仍然纷纷扰扰围场看戏，以妄为真，任由其哄骗钱财，实在可悲。这里其实是悲叹棚外看傀儡之人，亦如棚内为一机牵掣之傀儡，被客尘烦恼所支配，无根无蒂，日复一日，过着浑浑噩噩的愚痴生活。"扰扰一场呆"的描写，很容易使我们想起寒山另一首诗："弃本却逐末，只守一场呆。"被傀儡戏热闹而虚幻的表演所吸引、所哄骗的"没根"的凡夫俗子，不正像"没根"的傀儡一样弃本逐末而愚顽痴呆吗？这首诗看是刺世嫉俗之作，但其中未尝不包含诗人悲天悯人的情怀，这正是佛教遵行的大慈大悲的情怀。

王安石拟寒山诗，毫无仿效造作的痕迹，如同出自寒山口中一般，而其中的佛理，却是自证自悟所得，所以深受后人好评。明高僧达观真可禅师《半山老人拟寒山诗跋》评道："月在秋水，春在花枝，若待指点而得者，则非其天矣。吾读半山老人拟寒山诗，恍若见秋水之月，花枝之春，无烦生心而悦。果天耶？非天耶？具眼者试为荐之。"（《紫柏老人集》卷八）清人蔡上翔在《王荆公年谱考略》中也称其"是特天人游戏耳"（卷首二《传神总论》）。

鼓笛浮生

题前定录赠李伯牖二首（其二）

黄庭坚

万般尽被鬼神戏，看取人间傀儡棚。
烦恼自无安脚处，从他鼓笛弄浮生。

——《山谷外集》卷六

北宋江西诗人黄庭坚（1045—1105）这首诗也是咏傀儡，然而寓意又与禅籍、寒山诗、王安石诗稍有区别。

据《开天传信录》记载，唐诗人梁锽有《咏木老人》诗曰："刻木牵丝作老翁，鸡皮鹤发与真同。须臾弄罢寂无事，还似人生一世中。"颇为唐玄宗所欣赏。梁诗大抵是说，木偶不仅形象与真人酷似，而且演罢沉寂的现象也和真正的人生轨迹相同。诗的主要意旨是借木偶"须臾弄罢"归于沉寂的短暂出场，来比喻人生一世的短暂无凭。吴曾《能改斋漫录》卷八、吴开《优古堂诗话》都认为黄庭坚这首诗是化用梁锽的诗意,其实仔细分析,二诗所表达的禅理并不相同。

黄庭坚这首诗前两句"万般尽被鬼神戏,看取人间傀儡棚",意谓傀儡的种种造型如此逼真,观者皆被其戏弄,而人间看上去就像一个巨大的傀儡棚,众生的万般行为无非都是栩栩如生的表演而已。若知人间即是傀儡棚,那么便会明白世相皆为幻相,人生既如同看戏,亦如同演戏,众生都被似真实幻的万般演出所戏弄。"鬼神"二字,指鬼斧神工,形容刻削的木偶巧妙传神。《庄子·达生》:"梓庆削木为镰,镰成,见者惊犹鬼神。"成玄英疏:"言镰似虎形,刻木为之。雕削巧妙,不类人工,见者惊疑,谓鬼神所作也。"此处用以形容傀儡表演的逼真。

接下来"烦恼自无安脚处,从他鼓笛弄浮生"两句,是说如果我们知道人间犹如一个巨大的傀儡棚,人生的一切皆似真而实妄,包括人的身体都如木刻傀儡一样虚妄不实,那么烦恼还能到何处落脚呢?悟到这一点,就不妨继续做一个木偶,跟随傀儡戏的鼓笛声表演下去,随缘任运,游戏人生。正如梁高僧宝志所说:"众生身同太虚,烦恼何处安着。但无一切希求,烦恼自然消落。"(《景德传灯录》卷二十九《梁宝志和尚大乘赞十首之六》)更何况黄庭坚这首诗是读罢《前定录》的感悟,人生命运既然都是前定，那么又何必过于执着呢？这既是一种无奈，又何尝不是一种超越。

　　人们观看傀儡戏的感受，从佛教的角度来看可分为三个阶段：第一阶段在棚外看傀儡，以妄为真，所以"终日受伊瞒，更被索钱财"；第二阶段在棚内看傀儡，识破虚妄，知道"傀儡只一机，种种没根栽"，不再受欺哄；第三阶段由棚内再跳到棚外，既知傀儡人生皆是虚妄，也就不再有烦恼，由此"从他鼓笛弄浮生"，把人生这出戏继续演下去。黄庭坚的觉悟显然更符合禅理。

指上琴声

题沈君琴

苏 轼

若言琴上有琴声,放在匣中何不鸣?
若言声在指头上,何不于君指上听?

——《苏轼诗集》卷四十七

北宋文化巨人苏轼(1037—1101)对佛理颇有心得,常借诗说禅。这首诗写于贬官黄州期间,是为题沈君琴而作。而他在《与彦正判官书》中又将此诗称作偈,抄录赠与僧人纪公。无论是诗是偈,这首七言的韵文暗寓的佛理是显而易见的。

在这首诗中,苏轼提出一个非常有趣的问题:琴声到底是怎样产生的?如果说是产生于琴上,但是无指头拨弄的琴为什么不响?如果说是产生于指头,但是为什么在指头上听不到声音?苏轼这一充满机智的提问,实际上涉及佛教所说的因缘问题。佛教认为,世上万有

（现象界）皆非实有，一切事物皆产生于因缘。譬如这琴声，既不在琴上，也不在指上，原本是空无一物的。所以《苏轼诗集》卷四十七《补编》冯注此诗云："《楞严经》：'譬如琴瑟、箜篌、琵琶，虽有妙音，若无妙指，终不能发。汝与众生，亦复如是。'又，偈云：'声无既无灭，声有亦非生。生灭二缘离，是则常真实。'此诗宗旨，大约本此。"琴声产生于琴与手指相接触的那一瞬间，也就是说，琴声因妙音与妙指之间的因缘而发。一旦琴与手指分离，琴声自然就会消失。如果悟得这个道理，就知道世上万有无非依因缘而生灭，总是虚妄，皆非实相。

这首琴诗，使我们想起韦应物《听嘉陵江水声寄深上人》中的诗句："水性自云静，石中本无声。如何两相激，雷转空山惊。"水声也是由水与石的因缘而生，雷转山惊的本质是空无。事实上，苏轼的禅悟很可能来自韦应物诗的启发，如苏轼有《送郑户曹》诗云："山水自相激，夜声转风雷。"又有《西山诗和者三十余人再用前韵为谢》诗云："石中无声水亦静，云何解转空山雷？"就都是暗用韦诗之意。

不过，这首《琴诗》的意义已超越了佛理。时贤谈艺，或举此诗以阐明美的产生乃在主客观相统一的观点，或引此诗证明艺术神品产生于主（指）客（琴）和谐、身与物化的那一瞬间，虽未理解本诗的禅学背景，然而郢书燕说，倒也未尝无益。

雪泥鸿爪

和子由渑池怀旧

苏 轼

人生到处知何似？应似飞鸿踏雪泥。
泥上偶然留指爪，鸿飞那复计东西。
老僧已死成新塔，坏壁无由见旧题。
往日崎岖还记否？路长人困蹇驴嘶。

——《苏轼诗集》卷三

诗人的敏感之心往往暗合一种宗教精神，二十六岁的青年苏轼写的这首诗就充满了深沉的禅意玄思，与佛教的世界观冥合。嘉祐元年（1056），苏轼与弟苏辙（子由）进京应试，至河南，马死于二陵，骑驴至渑池，宿于奉闲的僧舍，与子由题诗壁上。五年多后，苏轼赴凤翔做官，重过渑池，而老僧奉闲已死，骨灰葬入新塔；墙壁残破，不见旧日所题之诗。短短数年之间，人亡物迁，抚今追昔，诗人陡然产生出强烈的人生空漠无常之感。人生为何？人生不过是一次无目的的旅行，像飞鸿一样飘忽无定。所到之处，或许会如雪地上的孤鸿那样留下指爪痕，但一切转瞬即逝，不可久存，天地茫茫，孤鸿任意西东，难寻归宿。老僧新塔，坏壁旧题，往日崎岖，在诗人看来，都是泥上指爪，只不过或存或亡罢了。往事如斯，前程可卜，无非如飞鸿踏雪泥一般来去无定，行踪缥缈。

"雪泥鸿爪"这一著名的比喻，显示出诗人对人生机遇的偶然性有深沉的了悟，禅意盎然。所以清人查慎行《苏诗补注》卷三注称此诗前四句暗用《传灯录》天衣义怀禅师语："雁过长空，影沉寒水。雁无遗踪之意，水无留影之心。若能如是，方解向异类中行。"王文浩《苏文忠公诗编注集成》卷三则认为查氏之注"诬罔已极"，因为"凡此类诗，皆性灵所发，实以禅语，则诗为糟粕。句非语录，况公是时并未闻语录乎！"王氏之说虽然雄辩，但据当今学者考证，苏轼早在进京应试之前，就已受家庭影响，接触过佛教。而在佛经中，"空中鸟迹"是很常用的意象之一，比喻空无虚幻或缥缈难久。如《华严经·宝玉如来性起品》："譬如鸟飞虚空，经百千年，所游行处不可度量，未游行处亦不可量。"又如《天圣广灯录》卷二十二鼎州德山慧远禅师颂："雪霁长空，迥野飞鸿。段云片片，向西向东。"都隐然可见"雪泥鸿爪"之喻的原型。查氏之注,并非"诬罔",只是所引禅典不够贴切而已。其实,禅语往往既生动形象又富有哲理,兼之诗人慧心领悟,点铁成金,夺胎换骨,何"糟粕"之有?

此外,苏轼这首诗在语言的运用上也与禅宗公案相通,即用具象语言回答抽象问题。云门宗创始人文偃禅师有一则著名的公案,僧问:"如何是佛法大意?"文偃答:"春来草自青。"(《景德传灯录》卷十九)问与答之间就可视为一种隐喻关系。苏轼的诗句与之如出一辙,如"人生到处知何似"两句,完全可以改写成禅宗公案的形式——僧问:"如何是人生到处?"苏答:"飞鸿踏雪泥。"正如我们可以把文偃的公案改写成苏诗句式一样——"佛法大意知何似?应似春来草自青。"由此可见,苏诗和禅宗言句都是同一种思维方式的产物。

搊鼻参禅

景福顺老夜坐道古人搊鼻语

苏　辙

中年闻道觉前非，邂逅仍逢老顺师。
搊鼻径参真面目，掉头不受别钳槌。
枯藤破衲公何事，白酒青盐我是谁？
惭愧东轩残月上，一杯甘露滑如饴。

——《栾城集》卷十三

苏轼的弟弟苏辙（1039—1112），对佛学也颇有兴趣。元丰三年（1080），苏辙贬谪到江西筠州，监盐酒税。诗题中的顺老，即顺禅师，本为蜀人，是临济宗黄龙慧南的弟子。顺老与苏辙父亲苏洵为老友，因而专程前去筠州造访苏辙。苏辙向顺老咨询禅宗心法，顺老示之以"古德搊鼻因缘"。苏辙夜坐参究此因缘，久而有省，于是作此偈呈给顺老。《罗湖野录》卷下、《五灯会元》卷十八皆记载此事。

所谓"古德搐鼻因缘",元释清茂《宗门统要续集》卷十九续南岳下十三世"参政苏辙"一章,作"《楞严经》中搐鼻因缘"。搐,抽搐。搐鼻,即缩气。今考《楞严经》有此因缘,然作"畜鼻","畜"当为"搐"的通假字。此因缘见《楞严经》卷三:"阿难!譬如有人急畜其鼻,畜久成劳,则于鼻中闻有冷触,因触分别通塞虚实,如是乃至诸香臭气,兼鼻与劳,同是菩提。瞪发劳相,因于通塞,二种妄尘,发闻居中,吸此尘象,名嗅闻性。此闻离彼通塞二尘,毕竟无体。当知是闻,非通塞来,非于根出,不于空生。何以故?若从通来,塞则闻灭,云何知塞?如因塞有,通则无闻,云何发明香臭等触?若从根生,必无通塞。如是闻机,本无自性。若从空出,是闻自当回嗅汝鼻,空自有闻,何关汝入?是故当知鼻入虚妄,本非因缘,非自然性。"这段话是讨论鼻根、鼻识与香尘的关系问题。搐鼻是对鼻根的使用,搐久成劳,因搐鼻而有冷的触感,因触感而可辨别鼻子是通是塞,乃至于辨别香臭之气,而鼻根以及由搐鼻引发的冷触、通塞感、香臭气,等等,都是觉悟的菩提。搐鼻引起的通塞,是两种虚妄的尘劳。因为香臭触的发生,既跟搐鼻通塞无关,又跟鼻根本身无关,也跟空中气体无关,由此知一切皆入虚妄。在《楞严经》卷三里,世尊和阿难讨论了眼、耳、鼻、舌、身、意六根与色、声、香、味、触、法六尘之间的关系,搐鼻因缘是其中一种,然而通其一根,则六根互通。而苏辙参禅,就是由"搐鼻"径直悟入。

这首呈给顺老的偈是一首七言律诗。首联"中年闻道觉前非,邂逅仍逢老顺师",是说自己人到中年,遇到顺老,得以听闻佛道的真谛,才知道从前的迷妄,所谓"觉今是而昨非"。苏辙贬官筠州,时年四十二岁,可谓中年。

颔联"搐鼻径参真面目,掉头不受别钳槌",意谓受顺老启发,直接参究《楞严经》"搐鼻因缘",从而体悟到什么是人生真面目,因此掉转头用不着再向外参究别的禅师,受其训导。"真面目"即禅宗所说"本来面目",也就是认识到尘境虚妄后而体悟到的自性。"钳槌",亦作"钳锤",禅门借喻严格教诲学生的禅师,指其像用钳槌敲打一般厉害。《禅林僧宝传》卷二十二《黄龙南禅师传》:"每归卧叹曰:'南有道之器也,惜未受本色钳锤。'"

颈联"枯藤破衲公何事,白酒青盐我是谁",这两句是追问顺老和自己的"真面目"到底是什么,而问中已有答。顺老是一个挂着枯藤杖、穿着破袈裟的和尚,而我自己则是一个监管白酒青盐的官员。苏辙当时的职务是监筠州盐酒税,所以如此说。但在"公何事""我是谁"的问话中,已隐含着对"真面目"的回答,即枯藤破衲、白酒青盐皆为虚妄尘境,并非我之自性。因为在明白尘境虚妄的疑情中，参透自家"本面目"的菩提之云自会油然而生。

尾联"惭愧东轩残月上，一杯甘露滑如饴"，这是写觉悟后的欣悦。残月照在东轩之上，饮一杯清茶，其甘滑如饴，这不就是"禅悦"的感觉吗？东轩，苏辙在筠州的居所，这里也是其参禅之所，以至于苏轼戏称他为"东轩长老"。甘露，茶的美称。如《山谷内集诗注》卷二《谢送碾壑源拣芽》："睿思殿东金井栏，甘露荐碗天开颜。"任渊注："陆羽《顾渚山记》载王智深《宋录》曰：王子尚访昙济道人于八公山，道人授茶茗，子尚味之，曰：'此甘露也，何言茶茗？'"佛经中"甘露"也比喻佛法，如《法华经·药草喻品》："为大众说甘露净法。"所以结尾的"一杯甘露"，便具有双关的意义，正如《维摩诘经·方便品》所说："虽复饮食，而以禅悦为味。"苏轼《参寥上人初得智果院会者十六人分韵赋诗轼得心字》"茶笋尽禅味"即是此意。或许有人会问，宋人在月残时分还会饮茶吗？回答是肯定的，如黄庭坚《阮郎归》茶词："烹茶留客驻金鞍，月斜窗外山。……一杯春露莫留残，与郎扶玉山。"

由"搐鼻径参"而悟，以"一杯甘露"为悦，鼻根和舌根互通，这就是苏辙对《楞严经》"一根既返源，六根成解脱"的深刻认识。

药石同空

代黄檗答子由颂

苏 轼

有病宜须药石攻,寒时火烛热时风。
病根既是无容处,药石还同四大空。

——《苏轼文集》卷二十

元丰六年(1083)六月,苏轼在黄州,接到苏辙的来信,写下这首颂。颂前有叙曰:"子由问黄檗长老云:'五蕴皆非四大空,身心河岳尽圆融。病根何处容他住,日夜还将药石攻。'不知黄檗如何答?东坡老僧代云。"黄檗长老,指筠州黄檗山道全禅师。苏辙的颂见于《栾城集》卷十二,题为《问黄檗长老疾》,与苏轼这首颂之叙所引文字略异,"皆非"作"俱非","圆融"作"消镕"。由此可知,苏轼读到弟弟所写《问黄檗长老疾》,于是自己写了首颂,代黄檗长老回答。

苏辙颂表面看来是探问黄檗长老的疾病,但背后却明显带有《维摩诘经·问疾品》的影子。佛派其弟子文殊师利到大毗耶离城去探问维摩诘居士的疾病,文殊与维摩二大士对坐共谈,讲说妙法。苏辙也借向黄檗长老问疾之机而谈佛法。"五蕴皆非四大空",五蕴,亦称五阴、五众,指色蕴(形相)、受蕴(情欲)、想蕴(意念)、行蕴(行为)和识蕴(心灵)。《般若波罗蜜多心经》曰:"照见五蕴皆空,度一切苦厄。"四大,佛教指地、水、火、风四种元素,认为人的身体由四大构成,而四大由空而生,所以称"四大皆空"。"身心河岳尽圆融",其意出自《楞严经》卷四:"如来观地水火风,本性圆融,周遍法界,湛然常住。"岂但人的身心由五蕴四大组成,即便外在的山河大地,也莫不如此。因此,只要觉悟"五蕴皆非四大空",就可使自己的身心与外在河岳都圆融为一体。

但是颂的结尾"病根何处容他住,日夜还将药石攻"两句,却表明苏辙并未真正做到身心皆空,因为他主张黄檗长老用药石日夜治疗,彻底驱赶疾病,让身心的病根无处停留。然而,既有药石可施,又焉得言"空"。所以颂的最后两句,使他的问疾跟《维摩诘经》中二大士的问疾颇有不同,这是因为:"文殊师利言:'居士所疾,为何等相?'维摩诘言:'我病无形不可见。'又问:'此病身合耶?心合耶?'答曰:'非身合,身相离故;亦非心合，心如幻故。'"无形之病、非身合心合之病是无药可医的。

苏轼正是看到弟弟这点拘执不通透之处，于是忍不住出手，代为黄檗长老回答问疾。苏轼的颂整个就是对苏辙颂的一次翻案，不仅内容上翻转，而且形式上也有意倒着写。

首句"有病宜须药石攻"，是接着苏辙颂末句"日夜还将药石攻"而来。次句"寒时火烛热时风"，是说治病要对症下药，受寒时需要火烛保暖，受热时需要清风散凉，而"火"与"风"同时又暗指四大中的两个元素。这两句比苏辙的药石治病说得更加具体，病症也落实为寒病、热病两种。但这只是将弟弟的说法稍加深化，并没有实质区别。

读到后面两句"病根既是无容处，药石还同四大空"，我们才知道前两句只不过是苏轼树立的靶子而已，是要用来打倒的。按照苏辙的逻辑，药石治病的结果，是病根无处安身。而苏轼则故意把病根无处安身作为前提，既然病根"无容处"，说明病根已空，那么药石无施治的对象，也就与病根一样"无容处"。这样一来，此颂最后的结论就又重新回到苏辙颂首句所言"五蕴皆非四大空"，此时皆空的不仅有主体的"五蕴""四大"，还有客体的"药石"。可以说，这样才真正把握了般若空观的真谛。《维摩诘经·问疾品》:"文殊师利言:'居士此室,何以空无侍者?'维摩诘言:'诸佛国土亦复皆空。'又问:'以何为空?'答曰:'以空空。'又问:'空何用空?'答曰:'以无分别空故空。'又问:'空可分别耶?'答曰:'分别亦空。'"既然空无分别,那么病根和药石都属空无,以药石治病也该否定。

这首颂虽带几分游戏的成分,但使用的却是典型的禅家翻案法,把苏辙颂的前提和结论、首句和尾句刚好颠倒过来,由此将般若空观更翻进一层。

翠盖红妆

又答斌老病愈遣闷二首（其一）

黄庭坚

百疴从中来，悟罢本谁病？
西风将小雨，凉入居士径。
苦竹绕莲塘，自悦鱼鸟性。
红妆倚翠盖，不点禅心净。

——《山谷诗集注》卷十三

黄庭坚生活在禅宗文化氛围极浓的洪州分宁县，从小耳濡目染，接触到佛理禅机，在十七八岁时他就写下了"万壑秋声别，千江月体同"（《次韵十九叔父台源》）这样阐述万法平等观念的诗句。到了晚年，经历过世事的坎坷，他的禅学修养更深，心如秋江之月，澄澈宁静。这首诗写于贬谪戎州（今四川宜宾）之时，其时黄庭坚身染沉疴，而烦恼不起，最终以清心净虑战胜疾病。

按照佛学"万法唯心""境由心生"的观点，人的疾病皆是由人的心而产生的。本来五蕴皆非，四大皆空，人体的物质形式都是虚妄相，疾病又何处扎根呢？所以"百疴从中来，悟罢本谁病"，参透此理，就知道所谓疾病无非是心的幻觉。只要心念之间消除了颠倒妄想，百病自然痊愈。"西风将小雨"二句，不仅是自然界的暑热被西风夹着小雨驱除殆尽的外在现象，而且也是悟罢的诗人——"居士"战胜疾病烦恼后的内在感觉的象征。"凉入居士径"之"凉"既是"心随境寂"，也可以说是"境因心寂"。秋风小雨之后，诗人周围的环境更加清爽：苍翠的竹林环绕着开满荷花的池塘，鸟语宛转，鱼游自得。不仅景物清幽，而且禅味悠长。所谓"自悦鱼鸟性"，就是诗人在同时写的另一首诗中所说的"鱼游悟世网，鸟语入禅味"，或者是唐诗人常建在《题破山寺后禅院》中所说的"山光悦鸟性，潭影空人心"，这"悦"当然是禅悦，这"性"当然是解脱的自性。

"红妆倚翠盖"二句，乃就眼前景物生出新的禅悟。"红妆"指荷花，"翠盖"指荷叶，承上文"莲塘"而来。荷花本是佛教崇敬的一种花，按《大日经疏》卷十五说，它是一种吉祥清净、可悦众心的象征。不过，黄庭坚在此却暗用佛经中天女散花的故事，戏称荷花为红妆翠盖，作为欲念诱惑的象征。据《维摩诘经·观众生品》记载,维摩诘居士称病,佛遣诸菩萨大弟子前往问疾。维摩诘借机为诸菩萨说法。说法过程中,维摩室中一天女以花散于诸菩萨大弟子身上,以验证其道行。凡是心存净垢之念、结习未尽者,花即粘着身上;凡心中湛然不动、了无净垢之别者,花即自然堕落。黄庭坚此刻面对艳丽的花叶,有如面对紧倚翠盖的红妆美女,而禅心全未受到点染,可以说已悟入维摩诘居士的境界。有这样清净的"禅心",一点欲念也不起,还有什么疾病可以侵袭呢?

黄庭坚在生病时常以维摩诘自居,号称是"菩提坊里病维摩"(《病起荆江亭即事十首》之一),本诗咏病,自然也化用了维摩的佛典。不过,全诗从切身感受谈起,并以西风、小雨、苦竹、莲塘、鱼鸟、红妆、翠盖等环境景物作陪衬暗示,禅境诗情,融为一体,全无事障、理障之弊。

随俗婵娟

戏答陈季常寄黄州山中连理松枝二首（其二）

黄庭坚

老松连枝亦偶然，红紫事退独参天。
金沙滩头锁子骨，不妨随俗暂婵娟。

——《山谷诗集注》卷九

元祐三年（1088），黄庭坚在京师馆阁任职，老朋友陈慥（字季常）从黄州寄来一束连理松枝，他写下两首绝句答谢。在第二首中，他用了一个带有几分戏谑意味的曲喻传达出极深刻的哲理。

连理是树木的一种特异现象，即异根树木枝条相连。在中国古代，连理枝向来是爱情的象征，如白居易《长恨歌》写唐明皇和杨贵妃七月七日在长生殿的誓言："在天愿作比翼鸟，在地愿为连理枝。"连理枝自然是很少见的现象，而松树连理则不仅在生物学上显得奇特，似乎还具有伦理学上的反常冲突。为什么这样说呢？因为松树向来被古人看作气节的象征，铮铮铁骨，具有刚健的英雄之气，而连理枝则刚好相反，寸寸柔肠，充满儿女之情。正是古松和连理这对矛盾的组合，勾起黄庭坚的奇思逸想，并从中得到禅理的感悟。

"老松连枝亦偶然，红紫事退独参天"，诗人首先指出，老松不同于艳丽的春花，正如《论语·子罕》中孔子所云："岁寒，然后知松柏之后凋也。"当温暖的春天过去，那些姹紫嫣红的花朵纷纷凋谢之后，老松仍然参天挺立。至于它生出连理枝，那不过是偶然现象，并非其必然本质。那么，为什么凌寒后凋的古松会偶然生出这种象征爱情的枝条来呢？黄庭坚用了一个出乎寻常的比喻，道出了其中禅理："金沙滩头锁子骨，不妨随俗暂婵娟。"据此诗任渊注，"金沙滩头"句用了两个典故。一是出自《传灯录》，僧问风穴禅师："如何是佛？"风穴答曰："金沙滩头马郎妇。"一是出自《续玄怪录》："昔延州有妇人，颇有姿貌，少年子悉与狎昵，数岁而殁，人共葬之道左。大历中，有胡僧敬礼其墓曰：'斯乃大圣，慈悲喜舍，世俗之欲，无不徇焉。此即锁骨菩萨，顺缘已尽尔。'众人开墓以视其骨，钩结皆如锁状，为起塔焉。"钱锺书《管锥编》（二）论《太平广记》第四十六则"马郎妇"条引宋叶廷珪《海录碎事》卷十三曰："释氏书：昔有贤女马郎妇于金沙滩上施一切人淫。凡与交者，永绝其淫。死葬后，一梵僧来云：'求我侣。'掘开乃锁子骨。梵僧以杖挑起，升云而去。"这就是佛教所谓"以欲止欲"。

但黄庭坚使用锁骨菩萨的典故，并非为了宣扬"以欲止欲"的道理，而是旨在表达一种忌俗与随俗相统一的人生哲理。这首诗里，锁子骨指菩萨身，是本质。婵娟指妇人的美色，是菩萨为度世人而幻化的形相。老松的劲节犹如菩萨身，而它生出的连理枝则好似暂时幻化的美色。而诗人思路的是，参天的古松偶然生出象征儿女私情的连理枝，好比金沙滩头的锁骨菩萨，也不妨偶尔化作人间的多情少妇。这里的谐趣中暗含着这样的哲理，只要本质上不磷不缁，超尘脱俗，行为上不妨任运随缘，和光同尘。这也就是黄庭坚一贯主张的生活态度："俗里光尘合，胸中泾渭分。"(《次韵答王眘中》)

中岩禅境

雪窦中岩

释延寿

孤猿叫落中岩月,野客吟残半夜灯。
此境此时谁得意?白云深处坐禅僧。

——《五灯会元》卷十

延寿禅师(904—975),字冲玄,号抱一子,余杭人,俗姓王氏。幼时便归心佛乘,年二十八为华亭镇将。吴越王从其志,让他出家。后参天台德韶禅师,得心法,属法眼宗青原下十世。延寿最初住持明州雪窦山,后住杭州灵隐新寺,再迁永明道场,赐号智觉禅师。他提倡禅教合一,著《宗镜录》一百卷,诗偈赋咏凡千万言,播于海外(见《景德传灯录》卷二十六)。

这首诗写于雪窦山的中岩。在一个安静的夜晚,山中的孤猿长啸,岩上的月亮在猿声中渐渐西落;野店的骚客苦吟诗句,一直到夜半残灯将尽。唐人常把诗人的苦吟与猿啼联系起来，如诗僧齐己《酬答退上人》："苦吟曾许断猿闻。"此后猿啼更成为吟诗的象征，如苏轼《次韵僧潜见赠》："多生绮语磨不尽，尚有宛转诗人情。猿吟鹤唳本无意，不知下有行人行。"而中晚唐以来的僧俗诗中，常能见到有关夜半残灯吟诗的描写，如李中《秋雨二首》之二："谁知苦吟者，坐听一灯残。"此诗头两句描写猿叫客吟，此起彼伏，其声皆哀怨宛转；月落灯残，渐灭渐尽，其色皆暗淡凄清，共同构成中岩夜半的场景。《景德传灯录》里有一种常见的对话模式，即僧问"如何是××境"，老师答以诗句。比如僧问："如何是夹山境？"师曰："猿抱子归青嶂里，鸟衔花落碧岩前。"我们可仿其形式将延寿这首诗改写如下——僧问："如何是雪窦境？"师曰："孤猿叫落中岩月，野客吟残半夜灯。"

然而，一方面，中岩之夜的确令人忘怀世虑，因为吟诗向来是超功利的审美行为，而猿啼也向来产生于超人世的方外；但另一方面，中岩之夜毕竟有声有色，相对于"白云深处坐禅僧"来说，还属于耳根眼根向外攀缘的"尘境"。因此，诗的后两句，在月落猿歇、灯残客宿之后，才真正进入"坐禅僧"的"此境此时"。他宴坐于白云深处，万虑皆忘，声色俱泯，在万籁无声的沉沉静夜的"此境此时"，真正"得意"，体会到如何是佛法大意。

  诗僧惠洪非常喜欢这首诗，时常朗诵，但他既称"其气韵无一点尘埃"，又稍微不满其"诗语未工"（《冷斋夜话》卷六《诵智觉禅师诗》）。这可能是因为在惠洪看来，延寿诗的头两句诗场景并置，语境距离过近，如"叫""吟"皆为声，作用于听觉；"月""灯"皆为色，作用于视觉；月落、半夜，时间一致。这种场景或意象并置，有唐诗风味。而惠洪更喜欢的是意脉的流动，如其《上元宿百丈》"夜久雪猿啼岳顶，梦回清月在梅花"，前后续接，更具宋诗的审美特征。

立雪江西

寄怀泐潭山月禅师

释契嵩

闻道安禅处,深萝杳隔溪。
清猿定中发,幽鸟坐边栖。
云影朝晴别,山峰远近齐。
不知谁问法,雪夜立江西。

——《镡津文集》卷十七

宋代禅僧中最著名的诗文兼擅者有三人,即北宋的契嵩、惠洪和南宋的居简。契嵩(1007—1072),字仲灵,自号潜子,滕州镡津人,俗姓李氏。七岁出家,十三得度,得法于洞山晓聪禅师,属云门宗青原下十世。契嵩博通世间经书章句,作《原教论》十余万言,明儒释之道一贯,以抗排佛之说。仁宗读其书,赐号明教大师。其文笔力雄伟,辩论蜂起,自成一家之言。其诗亦清秀可喜,尤长于五言古律诗。有《镡津文集》传世。

这是寄给僧友表达怀念之情的诗。泐潭山,又号石门山。据《舆地纪胜》卷二十六《江南西路洪州》记载:"泐潭,在靖安县西北四十里,上有宝峰院,号石门山。"月禅师,法名晓月,豫章人,师法琅琊慧觉禅师,属临济宗南岳下十一世,住持泐潭山宝峰院,其事见《建中靖国续灯录》卷七。

晓月本是极有天赋的和尚,《续灯录》称他"六经百子,三藏五乘,凡一舒卷,洞明渊奥"。此诗却重在推崇他的禅门本分事,即"安禅"的定力,坐禅而不受一切干扰。诗的前四句,皆就"安禅"大力铺写。先写安禅的地点,"深萝杳隔溪",不仅翠碧的薜萝掩映,而且隔着幽邃的山溪。"深"形容薜萝的葱郁茂密,"杳"形容溪水的深远幽暗,"隔"则更给人一种封锁阻隔的感觉。总之,这句诗表明晓月安禅的地点是一个与人世隔绝的深幽的环境。

颔联借助山中的动物猿鸟来烘托僧人安禅所达到的入定状态:清厉的猿声在禅定时响起,他置若罔闻;幽寂的小鸟在坐石旁栖息,他视而不见。这很容易使我们想起晚唐诗人诗僧对禅定的描写,如刘得仁的"萤入定僧衣"(《秋夜宿僧院》),僧清尚的"坐石鸟疑死"(《赠樊川长老》),僧虚中的"鹿嗅安禅石"(《赠栖禅上人》),僧人的坚坐不动,屏息无声,简直如羚羊挂角,无迹可求。契嵩这里写的"安禅"出自传闻和想象，出自亲历此境的经验，虽不如唐人那么刻苦精妙，却也不至于过分夸张，显得恰如其分。

颈联"云影朝晡别，山峰远近齐"，想象泐潭山的景象。晡，指黄昏。朝晡，犹言早晚。两句是说，云影虽有朝霞和暮霭的区别，而山峰却无论是远是近总是不分高低。上句言"别"，下句言"齐"，因此云影、山峰的"别"与"齐"，又隐含着佛理，无论云影象征的虚妄相如何变化，千差万别，而山峰象征的真实相却始终不变，平等如一。这就是晓月禅师坚守的禅理。

如此坚忍不拔、智慧博学的禅师，谁来继承他的衣钵呢？谁来参问他的禅法呢？尾联"不知谁问法，雪夜立江西"，想象晓月门下有个僧人，就像当年禅宗二祖慧可问法于面壁坐禅的初祖达磨那样，在雪夜中坚立不动，向晓月表明求道的决心。泐潭山在洪州靖安县，宋代属于江南西路，所以简称"江西"。这里用慧可久立雪夜求法达磨的故事，暗示晓月的佛法之高妙，坐禅之坚定，同时也曲折表达了自己的倾慕之情。

宋地闲僧

初退黄龙院作

释祖心

不住唐朝寺，闲为宋地僧。
生涯三事衲，故旧一枝藤。
乞食随缘过，逢山任意登。
相逢莫相笑，不是岭南能。

——《黄龙晦堂心和尚语录》

祖心禅师（1025—1100），南雄州始兴县人，俗姓邬氏，自号晦堂，赐号宝觉大师。他是黄龙慧南的弟子，黄庭坚的老师，属临济宗黄龙派南岳下十二世。慧南入灭，祖心继其师住持黄龙禅院十三年。这首诗偈写于辞退黄龙院住持之时。据《舆地纪胜》卷二十六记载，黄龙院位于洪州分宁县西一百四十里，是黄龙派的祖庭。

这是一首五言律诗，风格朴素自然，没有晚唐五代诗僧五律那种苦吟的痕迹。首联即对仗，"不住唐朝寺，闲为宋地僧",写从黄龙院退休之事。黄龙院应是唐朝遗留下来的古寺,"不住"指不再当住持。因退休不用管事,可以当一个普通僧人,在宋朝的土地上闲游。

颔联"生涯三事衲,故旧一枝藤",是说平生无非穿过三种衲衣,而老朋友则只有一枝藤杖而已。三事衲,指和尚穿的三种法衣。《释氏要览》卷上:"盖法衣有三也:一僧伽梨(即大衣也),二郁多罗僧(即七条也),三安陀会(即五条也)。慧上《菩萨经》云:'五条名中着衣,七条名上衣,大衣名众集时衣。'"禅门好用"三事衲"称三种法衣,如《景德传灯录》卷二十二英州大容谞禅师章:"师上堂。僧问:'天赐六铢披挂后,将何报答我皇恩?'师曰:'来披三事衲,归挂六铢衣。'"同书卷二十六温州瑞鹿寺本先禅师章:"若求道理说多般,孤负平生三事衲。"一枝藤,指藤杖,代指和尚所用拄杖。李商隐《北青萝》写僧人生活:"独敲初夜磬,闲倚一枝藤。"《大慧普觉禅师语录》卷十七:"遂拈起拄杖云:'一枝藤在这里。'"总之,这两句写法衣和拄杖,旨在表明除了僧人必要的道具外,自己身无长物。这里显然化用唐僧无可(一作可止)《送僧》"百年三事衲,万里一枝筇"的诗句,"筇"指筇杖,相当于"藤",也是拄杖的代称。

颈联"乞食随缘过,逢山任意登",写日后游方的生活,走乡串市,乞食化缘;逢山遇寺,登临参访。这是一种通透了达的态度,重在"随缘""任意"四字。"随缘过"借用寒山诗"此世随缘过""布裘拥质随缘过"之语。

尾联"相逢莫相笑,不是岭南能",意谓众人遇见我这样随随便便、无所作为的和尚,不要嘲笑我,因为我虽然有广东口音,却不是当年那个开创南宗禅的六祖慧能。祖心是南雄州人,而慧能是新州人,宋代都属广南东路,在大庾岭之南,所以这里借慧能来作对比,意思是希望众僧不要再将自己看作黄龙派的掌门人。

从著名的黄龙院住持的位子上退下来,祖心无所谓失落,也无所谓高兴,只把自己看作一个本色平常的和尚,过自己该过的简朴生活。许顗《彦周诗话》评论说:"此诗深静平实,道眼所了,非世间文士诗僧所能仿佛也。"正指出了诗中看破浮名、平实朴素的内在精神。

禅心泥絮

子瞻席上令歌舞者求诗戏以赠此

释道潜

底事东山窈窕娘,不将幽梦嘱襄王。
禅心已作沾泥絮,肯逐春风上下狂。

——《参寥子诗集》卷三

道潜(1043—1106),号参寥,赐号妙总大师。他是云门宗大觉怀琏禅师的弟子,也是北宋最有名的诗僧之一。苏轼与道潜唱和甚多,称赞他"新诗如玉屑,出语便清警"(《送参寥师》)。据传,苏轼知徐州时,道潜来访。苏轼宴请宾客,遣一妓女向道潜求诗,道潜当场口占一绝,一座大惊。此事赵令畤《侯鲭录》卷三、惠洪《冷斋夜话》卷六皆有记载,文字略有差异。

苏轼令妓女向和尚求诗,本身就带几分戏谑,意在检验道潜是否能经得住诱惑。若是戒律森严的高僧,自然会以铁面严词拒绝。然而,道潜偏偏是个爱与士人交往的诗僧,常出入宴席场合,因此他并没有使用严厉的宗教训诫,而是以自己擅长的诗歌形式表示拒绝。

诗的前两句"底事东山窈窕娘,不将幽梦嘱襄王",《冷斋夜话》作"寄语巫山窈窕娘,好将魂梦恼襄王",《侯鲭录》作"多谢尊前窈窕娘,好将魂梦恼襄王"。三种版本描写各有侧重,但其间不无优劣。"底事东山"两句采用的是问话,为什么你这位漂亮的姑娘,不到楚襄王梦里去与之行云行雨呢?"东山"用了东晋谢安携妓游东山的典故。但是,若从与楚襄王相对应的角度看,"寄语巫山窈窕娘"文字更胜一筹,因为宋玉《高唐赋》里楚襄王梦到的美人正是巫山之神女。重要的是,"巫山"多少表明对妓女的尊重,而"东山"则几乎直接点明对方的妓女身份。"恼"字是烦恼的简称,是俗世间的情绪,为佛教徒所摒弃,就道潜的身份来看,"恼"字也比"嘱"字更确切。"寄语"两句是祈使句,意思是:告诉你这位漂亮如巫山神女的姑娘,最好到楚襄王的梦里去引起他的思念烦恼。至于《侯鲭录》的"多谢尊前"四字,当然更切合宴会场合的一般应酬,但与"楚襄王"却无多少联系。因此,《冷斋夜话》所记喻妓女为巫山神女,喻世俗男客为楚襄王,应该最符合道潜本意,婉约而贴切。

这首诗的亮点在后面两句,"禅心已作沾泥絮,肯逐春风上下狂"。在古人眼里，因风而起的柳絮是最轻狂的东西，杜甫有诗曰："颠狂柳絮随风舞，轻薄桃花逐水流。"（《绝句漫兴九首》之五）春风与柳絮在此代表欲望，二者的关系如妓女与男客，是挑逗与被挑逗、勾引与被勾引的关系。楚襄王之心即如柳絮，随巫山神女之春风而上下颠狂。然而，道潜却用"沾泥絮"三字表明自己的"禅心"，已息虑静缘，如苏轼所称道那样："上人学苦空，百念已灰冷。"（《赠参寥子》）此禅心早已忘情绝爱，再也不受妓女的诱惑，如同沾在泥地里的柳絮，任凭春风的吹拂，再也不会飘舞。"沾泥絮"作为与"随风絮"相对立的形象，象征着"止欲"对"纵欲"的制服，其形象生动而又喻意贴切，以至于引起苏轼的嫉妒："沾泥絮，吾得之，又被老衲占了。"（《侯鲭录》）

　　道潜不仅经受住了"窈窕娘"的诱惑，而且用"沾泥絮"之喻委婉地表达了拒绝之意，优雅而不失风度。

雪夜寒岩

上元宿百丈

释惠洪

上元独宿寒岩寺,卧看篝灯映薄纱。
夜久雪猿啼岳顶,梦回清月在梅花。
十分春瘦缘何事?一搦归心未到家。
却忆少年行乐处,软红香雾喷京华。

——《石门文字禅校注》卷十

百丈山在江西奉新县,是唐代高僧怀海禅师开创的丛林。宋徽宗崇宁五年(1106)上元之夜,诗僧惠洪寓居于百丈山的禅院,抚今追昔,写下这首传诵一时的名作。惠洪(1071—1128),字觉范,世称"洪觉范"。曾因冒名而遭削僧籍,后重新得度,改名德洪,晚号寂音尊者。有《石门文字禅》《禅林僧宝传》《林间录》《冷斋夜话》等十余种著作传世。

此诗的前四句,写的是"今",即此刻百丈山中的元宵。这里没有京城里元宵大众狂欢、热闹喜庆的场面，只有孤独的僧人躺卧在寒寂的古寺里，冷冷清清，静看着篝灯上的薄纱入神。寺院里的灯笼，即篝灯，不像人世间大红灯笼高高挂，而是蒙着白纱，光透薄纱，竟有几分惨白。夜已深，白雪覆盖的山顶，传来阵阵猿啼，显得格外凄厉。而从猿声中惊醒的僧人，看到皎洁的月光正照着梅花，如梦如幻。这是一片由白色的意象构成的世界，白色的灯，白色的猿，白色的岳，白色的月，还有白色的梅，何等纯净，何等孤寂，又是何等凄清！

惠洪住在百丈山车轮峰的时候，最喜欢吟诵智觉禅师（延寿）的诗："孤猿叫落中岩月，野客吟残半夜灯。此境此时谁得意？白云深处坐禅僧。"并称其"诗语未工，而其气韵无一点尘埃"（《冷斋夜话》卷六）。值得注意的是，智觉诗中刻画禅境的岩、夜、月、灯、猿五字，也全部出现在《上元宿百丈》诗中：寒岩、夜久、清月、篝灯、雪猿。这当然不是巧合，而是惠洪把自己想象成智觉诗中那个"坐禅僧"，在百丈山夜宿经历诗中的"此境此时"。所不同的是，惠洪此刻的体验是在独特的时空，即万众狂欢的上元之夜，雪月交辉的纯洁世界，比智觉诗多出一个"梅花"的意象。而这梅花，不仅营造出雪夜寒岩独宿晶莹凄美的意境，而且作为上元时节新春将至的代表物象，自然而然引发下文诗人的感慨与回忆。

　　颈联是这首诗最出彩之处,"十分春瘦缘何事?一掬归心未到家",如此深情,如此婉约,简直有几分女郎诗的情调。"十分春瘦"的到底是梅花,还是诗人呢?无论如论,瘦的原因皆是"归心未到家",尚未找到心灵家园的归宿。"一掬"用得非常妙,把抽象的归心形象化,似乎可捧在手中,这"一掬"既是梅花之心,又是诗人之心,不可分辨。进一步而言,惠洪诗文中好为"春花"之喻,常以春喻真如,花喻事相,春喻全体,花喻分身。梅花之春瘦,意谓佛性尚未圆满,正是因"归心未到家"所致。相传王安石的女儿读到这两句,说了句"浪子和尚耳"(《能改斋漫录》卷十一)。此后,"浪子和尚"几乎成为惠洪的定评。不过,若是真懂诗的闺阁女诗人,一定会喜欢这两句诗,"浪子和尚"之评,可以说是半喜半嗔,欣喜他竟然能写出如此深情的句子,恼恨他是个本该身心俱空的和尚,不该如此写。胡仔将这两句视为"怀京师诗"(《苕溪渔隐丛话前集》卷五十六),恐怕不太确切,因为在惠洪的所有诗文中,从来没有将京师当成家乡的说法。反倒是在禅宗典籍(包括惠洪自己的著作)中,"到家"喻指心性觉悟,如《林间录》:"今人说悟,正是见鬼,彼皆狂解未歇,何日到家去?"《杨岐方会和尚语录》:"出门便作还乡计,到家一句作么生道?"《五灯会元》卷十七载黄庭坚问晦堂禅师:"和尚得恁么老婆心切?"晦堂笑曰:"只要公到家耳。"因此,所谓"一掬归心未到家",或许是惠洪在修行过程中的一次反省,感叹自己未能忘情绝爱,没有真正找到心性的归宿。

最后两句"却忆少年行乐处,软红香雾喷京华",正可看作惠洪对自己"少年行乐"的荒唐行为的检讨。"软红香雾"是对京师上元夜的概括描写,即类似"宝马雕车香满路"的情景。结尾是百丈山中一个"坐禅僧"对昔日的追忆,当他处身于雪月交辉、冷寂澄净的禅境时,那"软红香雾"不过是当年致使"一掬归心未到家"的迷魂汤而已,与其说是怀念,毋宁说有点嗔怪。总之,这首诗在今与昔、冷寂与繁华的对举中,包含了太多复杂而微妙的情感,体现了欲望与禅定之间的冲突与挣扎。

修竹尊者

崇胜寺后竹千余竿独一根秀出名竹尊者

释惠洪

高节长身老不枯,平生风骨自清臞。
爱君修竹为尊者,却笑寒松作大夫。
不见同行木上座,空余听法石为徒。
戏将秋色供斋钵,抹月批云得饱无?

——《石门文字禅校注》卷十

这是惠洪咏物的名作。尊者,是梵语阿梨耶(Ārya)的意译,指有德行智慧的高僧,也是罗汉的尊称。《四分律行事钞资持记》卷三称:"尊者,腊高德重,为人所尊。"据《舆地纪胜》卷二十八记载,袁州崇胜寺法堂后面,有新竹秀长,出乎其类。最初人们称之为"竹状元",郡守吴储认为不雅,邑丞请求更名为"竹尊者"。将修竹称为尊者,这是一种拟人化的说法,因为修竹生于禅院法堂之后,"青青翠竹尽是法身",正如同说法的僧人。惠洪游方至崇胜寺,见此修竹,感其名称,戏作此诗。

诗一开头就写竹尊者的外形与风貌,"高节"二字双关,"节"既是竹节,又暗示节操。"长身"二字也是双关,苏轼《题过所画枯木竹石》曰:"惟有长身六君子,猗猗犹得似淇园。"自此"长身"成为竹的别号。惠洪借苏诗语,特指"一根秀出"的竹尊者,又双关尊者颀长的法身。此诗称"老不枯",可见是一根老竹,《舆地纪胜》称"新竹秀长",恐怕不确。经霜而不枯的老竹,正如"腊高德重"的尊者。所谓"腊高",指僧人受戒后的岁数很长,因此尊者为老僧。"平生风骨自清臞"这句,由描写竹之外在形貌进而赞赏其内在精神。竹老而瘦,然而硬骨铮铮,正如腊高的尊者面目清瘦,而独立不倚,风骨凛然。至此,则清瘦高洁的僧人形象跃然纸上。

颔联二句表现出诗人的身份认同和志趣选择。"爱君修竹为尊者",惠洪虽称赞其高节风骨,然而与士大夫的取向有所不同。在士大夫话语系统里,修竹被称为"此君",是岁寒不凋的君子形象,即苏轼所言"长身六君子"。而惠洪爱的却是苍老而清瘦的尊者形象,拟人化的修竹在这里首次完成儒家君子向佛家尊者的形象转换。这种转换与惠洪的僧人身份有关,他晚年自号"寂音尊者",或许已在"竹尊者"的认同中埋下伏笔。"却笑寒松作大夫",更进一步表明其鄙薄世俗功名的立场。据《史记·秦始皇本纪》记载,始皇东封泰山,遇风雨突至,躲在松树下,于是封松树为大夫。本来松、竹齐名,《礼记·礼器》:"其在人也,如竹箭之有筠也;如松柏之有心也。二者居天下之大端矣,故贯四时而不改柯易叶。"然而在此,作为"大夫"的寒松,却因接受皇帝的封赏而沦为依附权力的臣仆,全然失去独立不惧的人格。在松与竹的对举中,惠洪表达了对"出世间"独立的高僧品格的向往,对"入世间"依附的大夫身份的嘲笑。

颈联以木杖和顽石为衬托,暗示此修竹具有佛门中尊宿的地位。"木上座"代指木拄杖,典故出自《景德传灯录》卷二十杭州佛日和尚:"夹山又问:'阇梨与什么人为同行?'师曰:'木上座。'师遂去取得拄杖,掷于夹山面前。"上座,指年腊较高的僧人。木上座,也是一种拟人化的称呼,苏轼有《送竹几与谢秀才》:"留我同行木上座,赠君无语竹夫人。"惠洪借用此拟人化的称呼,以与"竹尊者"相配。然而,禅院法堂后毗邻修竹的,却没有木杖,所以诗人遗憾地说"空余听法石为徒"。这也用了佛教的典故,据《东林十八高贤传》,东晋高僧竺道生"入虎丘山,聚石为徒,讲《涅槃经》。至阐提处,则说有佛性,且曰:'如我所说,契佛心否?'群石皆为点头"。这是说禅堂后只有一些顽石围绕着竹尊者,听其讲说佛法。吴曾《能改斋漫录》引此诗,"石为徒"作"石於菟",没有依据,当是传录之误。

既然修竹是尊者,也就是三宝之一的僧宝,那么拿什么来供养僧宝呢?拿什么来作尊者钵中的斋饭呢?禅院中只有秋色,只有明月白云可供养尊者。因此诗人戏问"抹月批云得饱无",以月和云当菜肴能吃饱吗?苏轼《何长官六言次韵》:"贫家何以娱客?但知抹月批风。"赵次公注:"馔食者有批有抹。抹月批风,又戏言之。"这里化用了苏诗的修辞,但移用于竹尊者身上更加贴切,以明月白云为斋饭的尊者,怪不得风骨如此清癯。由此,尾联又呼应了首联。

这首咏物诗构思非常巧妙,拟人化手法用得相当纯熟,用苏轼语而有点铁成金之妙。后来,黄庭坚路过崇胜寺,见此诗,"咨赏,以为妙入作者之域,颇恨东坡不及见之"(《僧宝正续传》卷二《明白洪禅师传》)。后世士大夫和僧人追步其韵唱和者甚多,足见此诗的影响。

华亭落照

舟行书所见

释惠洪

剩水残山惨淡间,白鸥无事小舟闲。
个中着我添图画,便似华亭落照湾。

——《石门文字禅校注》卷十六

根据诗的题目,这首诗作于船上。惠洪在《冷斋夜话》中提到作诗的背景:"尝暮寒归,见白鸟,作诗曰:'剩水残山惨淡间……便似华亭落照湾。'"那么此诗应该是暮寒乘船而归时的所见所想。

"剩水残山"出自杜甫的两句诗:"剩水沧江破,残山碣石开。"(《陪郑广文游何将军山林十首》之五)大意是指江的支流、山的余脉,即小溪流和小丘陵,惠洪的家乡江西新昌县(今宜丰县)一带就是这种景物。"惨淡间"是指傍晚夕阳西下,色彩逐渐暗淡,色调逐渐阴冷。诗人正处在落日时分的剩水残山之间,在船上见到几只白鸥浮在水上。白鸥向来是悠闲自在生活的象征，如黄庭坚在《演雅》诗结尾所说："江南野水碧于天，中有白鸥闲似我。"而此刻，舟中的惠洪和水中的白鸥之间的关系正是这样，鸥闲似我，我闲似鸥。总之，诗的前两句描写了夕阳惨淡时剩水残山间由白鸥和小船构成的如画风景。

然而，惠洪并不满足于这种描绘，而是试图把自己置身于自己所看到的如画的风景中，想象自己与风景共同构成图画，成为他人欣赏的对象，想象"个中着我添图画，便似华亭落照湾"。惠洪是坐在船上看风景的，剩水残山、白鸥小舟既是他所见的风景，又是他身处其间的环境。当然，风景或者环境都如同图画，或者就是图画。这样一来，诗人就扮演了两种角色：一是风景画的观赏者，二是风景画的构成者。如果没有诗人自我的参与，这幅画是不完整的。所以画中一定要"着我"，画面才具有"华亭落照湾"一样的意义。

"华亭"是指禅宗古德华亭船子和尚摆渡的地方，宋代很多禅宗颂古诗歌咏过这个公案。《景德传灯录》卷十四："华亭船子和尚，名德诚，嗣药山。尝于华亭吴江泛一小舟，时谓之船子和尚。"船子和尚的水上生活充满禅意和诗意，惠洪《冷斋夜话》卷七记载："华亭船子和尚偈曰：'千尺丝纶直下垂，一波才动万波随。夜静水寒鱼不食,满船空载月明归。'丛林盛传,想见其为人。"对船子充满忻慕之情。显然,惠洪在看到眼前夕阳西下的风景时,脑海中浮现出关于船子和尚生活画面的种种联想,他希望有一幅图画能记录自己和风景,将眼前这"落照湾"闲淡的一刻化为像船子和尚公案故事一样的永恒。

这首诗表现出来的"观者入画"的艺术观念,在宋代很有代表性。而其对悠闲无事的船子生涯的向往,也颇能得到宋代近禅诗人的共鸣。如江西派后期诗人赵蕃很欣赏《舟行书所见》,曾分别敷衍这首诗四句的每句为一首七绝(《淳熙稿》卷十七《用洪觉范诗为首作四绝》)。

透纸寻光

蝇子透窗偈

释守端

为爱寻光纸上钻,不能透处几多难。
忽然撞着来时路,始觉平生被眼瞒。

——《林间录》卷下

俗话说:"人生识字糊涂始。"人常常被语言文字所"异化",通过语言文字来了解真实的存在,在自己与活生生的世界之间树起一扇理性知识的纸窗,从来就没有想到过理性及语言文字有可能欺骗它的使用者。白云守端禅师的这首偈,就揭示了人类认识的困境及解救方法,其意义已超越了参禅悟道。

白云守端(1025—1072)是北宋中叶的禅门宗师,属临济宗杨岐派。这首偈的原型,来自禅家的一则公案。据《景德传灯录》卷九记载,唐代古灵神赞禅师原在福州大中寺受业,后来行脚到洪州,遇到百丈怀海禅师而开悟。悟后回到本寺。一日,神赞看到他的受业师在窗下看经书,一只蜂子(《祖堂集》卷十六作"蝇子")在纸窗上爬来爬去想钻出窗外,便说:"世界如许广阔,不肯出;钻他故纸,驴年出得!"并作偈讽刺包括他老师在内的埋头经书的人,偈曰:"空门不肯出,投窗也大痴。百年钻故纸,何日出头时。"(《五灯会元》卷四)因为照禅家的观点看来,"经论是纸墨文字,纸墨文字者俱空"(《景德传灯录》卷四大珠慧海语),沉溺于经书的人,就如同蜂子一样在语言文字的纸窗上东碰西撞,忘记了广阔世界任他横行竖行。

白云守端的偈,在这则公案的基础上,又增加了新的意义。"为爱寻光纸上钻",所谓"寻光",隐喻对佛性的追求,对终极真理的追求,这是禅悟的首要前提。没有"寻光"的迫切愿望,没有"钻"的不断探索,瞬间顿悟也就不可能发生。然而,"纸上钻"的努力无疑是南辕北辙,误入语言文字的层峦叠嶂,被导游的古人带得晕头转向,失却了自己本来的感受能力。于是,便生出"不能透处几多难"的烦恼和困惑。这是碰窗蝇子的困惑,是读经和尚的困惑,也是堕入理窟的人类的困惑。同时,也正如"忽然撞着来时路"的蝇子一样,禅客终于发现,佛教真如之光不在于佛经之中(纸上),而在于对"本心""自性"(来时路)的顿悟(忽然撞着）。"被眼瞒"就是佛教常说的事障、理障、言语障，正是这些知解见识蒙蔽了参禅者的本来清净的灵台。人类认识何尝不是如此，人们靠语言来了解世界，而语言却遮盖了世界的真相，使存在发生了混乱。所以，人们只有返回来时之路，返回原初的素朴之心，才能发现世界的本来面目。青原惟信禅师说得好："老僧三十年前未参禅时，见山是山，见水是水。及至后来，亲见知识，有个入处，见山不是山，见水不是水。而今得个休歇处，依前见山只是山，见水只是水。"（《五灯会元》卷十七）返朴归真，除却理障，用体验取代知识，这佛性的真如或真实的存在不就豁然现前了吗？

一片田地

投 机 颂

释法演

山前一片闲田地，叉手叮咛问祖翁。
几度卖来还自买，为怜松竹引清风。

——《法演禅师语录》卷下

这首诗是五祖法演禅师（1025—1104）献给白云守端的《投机颂》。所谓"投机"，是指参禅者与老师机缘投合，即受到老师的启发而大彻大悟。法演本为蜀绵州人，少年出家，在成都研习《百法论》《唯识论》，得其奥妙。后来游方学禅，四处参究，无所得。浮山法远禅师指示其参究杨岐派禅师白云守端，法演听从建议到了白云山，于是就有下面一段故事："白云端曰：'川藞苴，汝来耶？'演拜而就列。一日举'僧问南泉摩尼珠'语，以问端。端叱之，演领悟，汗流被体，乃献《投机颂》曰……"（《补禅林僧宝传》）"川藞苴"是宋代中州人对四川人的蔑称,谓其放诞不遵轨辙,这里白云守端用来调侃新到的川僧法演。

那么,法演到底领悟到什么了呢?"僧问南泉摩尼珠"的公案见于《景德传灯录》卷十:"终南山云际师祖禅师,初在南泉时,问云:'摩尼珠,人不识,如来藏里亲收得。如何是藏?'南泉云:'与汝来往者是藏。'师云:'不来往者如何?'南泉云:'亦是藏。'又问:'如何是珠?'南泉召云:'师祖。'师应诺。南泉云:'去!汝不会我语。'师从此信入。"摩尼珠指无垢的如意宝珠,禅宗借以喻自性。"摩尼珠,人不识,如来藏里亲收得"三句,出自唐玄觉大师的《永嘉证道歌》。云际师祖问南泉普愿禅师这三句应该怎样理解,南泉不作正面回答,只是说每个人都是如来藏,不管是否来往者,由此暗示佛性就是自性,如摩尼珠藏于每个人的心中。南泉唤"师祖",就是唤醒了他的自性。显然,"僧问南泉摩尼珠"的公案涉及两重理解:一是对《永嘉证道歌》的理解,二是对南泉召师祖的理解。然而,法演举此问守端,却是过分执着于对意义的理解,而忘记了对自性的体验。因此,在守端"叱之"的那一瞬间,他从公案中被唤醒,感到了自己的存在,顿时幡然大悟,惶愧不已,乃至"汗流被体"。这是他献颂的背景。

"山前一片闲田地",比喻自己本有一片心田,即自性，但作为田的拥有者，竟然不知属于自己，任其闲置。其实，在参究守端之前，法演已研读过不少佛教经论，只是不知佛性本在自心。"叉手叮咛问祖翁"，指有田者去询问知道这片田地所有权的老人，即举"僧问南泉摩尼珠"语而问守端。正如法演的弟子龙门清远所说："只如先师行脚参善知识，后来却道问祖翁是如何。"（《古尊宿语录》卷二十一）当然，从另一个角度说，"问"字正体现出法演的疑情，而疑情正是觉悟的源头。

"几度卖来还自买"，自己不知为何把这片田地卖给他人，反而到处询问田产，正如问南泉的僧人，不知道佛性的摩尼珠就在自己身上。直到守端的一声断喝，法演才最终买回本属于自己的田地。"为怜松竹引清风"，是感谢守端的启发引导，让一股清风吹过自己的心田，以示与守端机缘投合之意。法演的另一高足圆悟克勤指出："只为无始劫来，抛家日久，背驰此本分事，向六尘境界里，妄想轮回，不能回光返照，甘处下流。若能具上根利智，返本还源，知有此事……始有语话分。而今须是换个骨头了，方见此一片田地。"（《圆悟佛果禅师语录》卷十三）

这首诗颂完全使用比兴手法，借田地说心性，借买卖说悟迷，"叉手叮咛"，形象生动，"松竹清风"，意象优美。更重要的是，法演避开了"摩尼珠"喻自性的传统书写,用更生活化、世俗化的田地买卖,传达出自己的个人体验。所以这首诗颂表现的禅理虽然古已有之,却因其独特新颖的叙说方式而为禅林传诵,并成为与"僧问南泉摩尼珠"一样的公案,被后世禅僧赞颂(见《禅宗颂古联珠通集》卷二十一)。

苍鹰擒兔

答雪窦显禅师

释传宗

一兔横身当古路，苍鹰才见便生擒。
后来猎犬无灵性，空向枯桩旧处寻。

——《林间录》卷上

禅宗所追求的心灵觉悟，一是强调其瞬时性，因为悟的触机，如电光石火，转瞬即逝；二是强调其活杀性，因为禅的体验，无关乎知识理性，是活泼泼的生命体验。这首诗偈表现的主旨，大概就包含这两个方面。

诗偈的背景缘于一次禅僧之间的讨论。据惠洪《林间录》记载，雪窦重显在曹洞宗大阳警玄禅师的寺院里当典客时，与客僧夜语，评论古今禅门公案，至赵州"庭前柏树子"因缘，争辩不休。当时有个行者站立在旁，忍不住失声大笑而去。客僧走后，雪窦把行者叫来,数落他对客人无礼。行者回答说:"知客有定古今之辩,无定古今之眼,故敢笑。"雪窦问:"且赵州意,汝作么生会?"即问他如何领会赵州公案。于是,行者就以这首诗偈对答。

诗偈将玄妙的禅门公案比喻成一只兔子,而将僧人领会公案意义的途径比喻成两种不同的狩猎方式。"一兔横身当古路",这只横身挡在古路上的兔子,就相当于横亘在参禅者面前的"赵州公案"——僧问:"如何是祖师西来意?"赵州曰:"庭前柏树子。"公案的意义是不确定的,灵活的,如狡兔一般难以捕捉。然而,"苍鹰才见便生擒",在稍纵即逝的一瞬间,兔起鹘落,公案的意义顿被把握。"才见"意味着"一见",即刚见到的顷刻。"生擒"二字,是禅门习用语,常与"活捉"连用,表达对某物某事的活泼泼的体验。也就是说,真正的参禅者应当像苍鹰捉兔一样,对公案的意义不仅是瞬间领悟,而且是活生生的领悟。

与苍鹰捉兔相反的参禅方式是:"后来猎犬无灵性,空向枯桩旧处寻。"这两句糅合了两则寓言:一则来自《韩非子·五蠹》的"守株待兔","枯桩"就是兔子逃跑时不幸撞上折颈而死的"株"。另一则来自《景德传灯录》卷十七洪州云居道膺禅师:"师谓众曰:'如好猎狗,只解寻得有踪迹底;忽遇羚羊挂角,莫道迹,气亦不识。'"这里是说,猎犬毫无灵性,只知如蠢人一般守株待兔,围着树桩寻找兔子的踪迹。"枯桩旧处",是比喻陈旧的公案文字,它不仅是过去的(旧),而且是无生命的(枯)。这两句是讽刺雪窦和客僧,执着于陈旧的公案文字,围绕着"赵州柏树子"的意义争辩不已,而忘记禅体验的瞬时性和活杀性,就如同猎犬围绕着枯桩想寻找旧时兔子的踪迹,而妄想有所捕获,这当然是白费心机。

禅门对待公案有两种参究方式,苍鹰捉兔可称之为"参活句",猎犬寻桩可称之为"参死句"。宋代不少禅门大德都主张"须参活句,莫参死句",但都不如行者这首诗偈活泼生动,能显示出禅宗语言"生擒活捉"地表达意义的独特优势。因此,单从参究禅理而言,可以说这首诗偈才是真正的"活句"。

雪窦听了行者的诗偈,大惊,乃与之结友。这个嘲笑客僧的行者,《林间录》曰:"或云:即承天宗禅师也。"据《五灯会元》卷十六,承天传宗是雪窦重显的法嗣。若"或云"可信,那么行者后来不仅是雪窦的法友,而且成了他的入门弟子。又《续传灯录》卷六目录大阳玄禅师法嗣有承天宗,然无机语,甚可疑,应是据《林间录》"大阳玄禅师会中"一句而误作其法嗣。惠洪的《禅林僧宝传》卷十一《雪窦显禅师传》却说这个行者名韩大伯，估计承天传宗俗姓韩，故称。后来的禅籍转述这首诗偈，或取承天宗，或取韩大伯。然而无论作者名谁，都不影响我们对这首诗偈的理解。

枝头梅花

某尼悟道诗

尽日寻春不见春,芒鞋踏破垄头云。
归来笑撚梅花嗅,春在枝头已十分。

——《鹤林玉露》丙编卷六

从北宋末到南宋初,禅宗各派中都出现了一批家世官宦、颇有教养的女尼,如临济宗的妙总禅师,是丞相苏颂之孙女,妙道禅师是尚书黄裳之女,云门宗法海禅师是宝文阁学士吕嘉之姑。罗大经《鹤林玉露》中记载的这位悟道女尼,想必也是同样类型的人物,她的悟道诗,不仅饶有理趣,而且因其切合女性的特点而颇有情韵。寻春、探春、伤春,本是中国女性文学的一大主题,"笑撚梅花嗅"的生动描写,更典型地刻画了抒情女主人公的形象。在其同时代的女词人李清照的《点绛唇》词中,就有"和羞走,倚门回首,却把青梅嗅"的句子。然而,女尼的身份和悟道诗的写作目的,决定了这首诗的哲理性内容。

诗中的"寻春"是寻道的隐喻。"尽日寻春不见春，芒鞋踏破垄头云"，写出追寻真理的坚定志向和艰辛历程。芒鞋就是僧人游方所穿之草鞋。禅宗僧人在觉悟之前，往往云游四方，遍参丛林，学究诸宗禅法。以"春"喻"道"，这是宋代禅师和理学家的惯用手法，如惠洪称赞云门文偃禅师曰："公之全体大用，如月照众水，波波顿见而月不分；如春行万国，处处同时而春无迹。"（《禅林僧宝传》卷二）又如朱熹学道有悟，作《春日》诗："胜日寻芳泗水滨，无边光景一时新。等闲识得东风面，万紫千红总是春。"因为"春"是有形之外、无迹可求的形而上的概念，须借"万紫千红"的具象的花表现出来。这正如"道"一样，其普遍性须借个别的、特殊的事物来显示。这女尼之所以踏破芒鞋而未能悟道，乃在于对"道"这一概念的误解。她试图寻求的是脱离具体事物的抽象的"道"，是超越具体景物的抽象的"春"，而忽略了"垄头"细微景色中可能蕴涵的春意。当她游方归来，瞥见庵前的梅花，想起"江南无所有，聊赠一枝春"的古诗，才猛然发现，苦苦追寻的"春"原来就在不起眼的梅花枝头。她撚花而嗅，会心一笑，定是彻底领会了"春在于花，全花是春；花在于春，全春是花"（达观《石门文字禅序》）的禅理。

这首诗也可以从另一角度理解：女尼寻道的途径一开始就错了，因为禅宗一贯主张"自心是佛""一切具足，更无欠少，使用自在，何假外求"（《五灯会元》卷三马祖道一语），而女尼的"寻春"正是"外求"，所以费尽功夫、踏破草鞋仍然毫无收获，终日懵懵懂懂地行在垄头的云里雾里。当她归来看见庵前的梅花，才猛然觉悟到，苦苦追寻的"春"原来就在自己的家门前。也就是说，"道"就在自己身边，何须远求。佛性本来具足，何假外求。至于罗大经引《孟子》的"道在迩而求诸远"来理解这首诗，说明"道不远人"，则可看出南宋禅宗与理学观念的相似之处。

林下风流

题 寺 壁 诗

释守诠

落日寒蝉鸣,独归林下寺。
柴扉夜未掩,片月随行屦。
惟闻犬吠声,更入青萝去。

——《冷斋夜话》卷六

惠洪《冷斋夜话》曰:"东吴僧惠诠,佯狂垢污,而诗语清婉,尝书湖上一山寺壁。东坡一见,为和其后。诠竟以此诗知名。"据《苏轼诗集》和周紫芝《竹坡诗话》记载,惠诠应名守诠。守诠这首诗是其僧徒生活的真实写照,同时创造出一种不食人间烟火的清寒复绝的境界,即人们通常所说的禅境。

诗在从黄昏到月夜的背景上展开。夕阳的光热与秋蝉的鸣叫因"落"字和"寒"字的修饰而大大淡化静化,走向林间古寺的孤独身影更增添一丝寂寞的气氛。一弯新月升起,照着未掩的柴门,也照着孤独的归人。月朦胧,夜更暗,林更深,只是偶尔传来一两声犬吠,一切复归于静,那孤独的身影步入更幽深的青萝中去。这首诗写的是"独归林下寺"的过程,这过程由热到冷,由喧到寂,由明到暗,由世俗的"柴扉"进而到避世的"青萝",最终进入一种彻底的无人之境。

周紫芝《竹坡诗话》称东坡的和诗"清绝过人远甚",但认为终不如守诠诗"幽深清远,自有林下一种风流"。苏轼的和诗原题为《梵天寺见僧守诠小诗清婉可爱次韵》,诗云:"但闻烟外钟,不见烟中寺。幽人行未已,草露湿芒屦。惟应山头月,夜夜照来去。"(《苏轼诗集》卷八)诗中有烟、钟、寺、幽人、草露、月等朦胧空灵的意象,不可谓不清绝。但整首诗未能展现统一的场景,"惟应"系推测之辞,"夜夜"乃泛指之辞,均是诗人妙观逸想的产物,诗虽写得很美,但缺乏守诠诗中那种即物即真的直觉体验。所以说,"幽深清远"的禅境,虽不是禅宗教义的直接演绎,但它无疑是禅宗思想倾向、人生哲学和行为方式的间接体现。

读着守诠的小诗,别有一种孤寂清冷并且幽远神秘的感受,在深林、古刹、柴门、片月、青萝构成的艺术氛围里,很容易得到一种超世俗、超功利的解脱。

夜宿芦花

青林死蛇颂

释子淳

长江澄澈印蟾华,满目清光未是家。
借问渔舟何处去?夜深依旧宿芦花。

——《丹霞淳禅师语录》

丹霞子淳禅师(?—1119)是曹洞宗大师芙蓉道楷(1042—1117)的弟子。这首诗颂的是唐代曹洞宗师虔禅师的公案。师虔,世称青林和尚。《五灯会元》卷十三载其"死蛇"公案:"问:'学人径往时如何?'师曰:'死蛇当大路,劝子莫当头。'曰:'当头者如何?'师曰:'丧子命根。'曰:'不当头者如何?'师曰:'亦无回避处。'曰:'正当恁么时如何?'师曰:'失却也。'曰:'向甚么处去?'师曰:'草深无觅处。'曰:'和尚也须堤防始得。'师拊掌曰:'一等是个毒气。'"这公案以死蛇为喻,讨论学佛过程中遇到的左右为难的问题,无论如何都无法回避。然而丹霞子淳的颂古,却完全抛开"死蛇"的意象,俨然写成一首优美的渔父词。

关于这则公案,丹霞子淳的弟子天童正觉(1091—1157)也作了首颂:"三老暗转柁,孤舟夜回头。芦花两岸雪,烟水一江秋。风力扶帆行不棹,笛声唤月下沧洲。"同样是以渔父为喻。万松行秀评论道:"二老(丹霞与天童)同颂,澄源湛水,尚棹孤舟。"又道:"此事如人行船相似,不着两岸,不住中流。丹霞夜宿芦花,天童信风横管。且道:转柁回舟时作么生?夜深不向芦湾宿,迥出中间与两头。"(《从容庵录》卷四第五十九则青林死蛇)

丹霞与天童的颂虽借喻的意象大致相同,但暗含的禅理却颇有差异。天童颂的是公案中不住两头、不住中间的中道观,而丹霞却从混同不别的禅理说起。丹霞颂营造的境界是月下长江上的一叶渔舟,驶进芦花丛里泊宿。这样的充满诗意的境界在禅籍中并非罕见。《五灯会元》卷十四芙蓉道楷禅师章:"问:'夜半正明,天晓不露。如何是不露底事?'师曰:'满船空载月,渔父宿芦花。'""夜半正明,天晓不露"八字出自曹洞宗祖师洞山良价《宝镜三昧歌》。道楷回答"不露"的两句诗,上句化用船子和尚《拨棹歌》"满船空载月明归",下句化用雪窦重显的《玄沙颂》"夜来依旧宿芦花"。丹霞颂里的明月、渔舟、芦花等意象正与此相同。

值得注意的是，船子和尚出自药山惟俨，与曹洞宗门风相同，都继承了石头希迁《参同契》的思想。在曹洞宗惯用的隐喻里，明月不是指心，而是指空界。而空界与色界，从表面看是混同不别的，是二而一的，正如《宝镜三昧歌》所说："银碗盛雪，明月藏鹭。类之弗齐，混则知处。"就丹霞子淳这首颂而言，也是借渔父生活来表现"类之弗齐，混则知处"的禅理，青林和尚说的死蛇"无回避处""草深无觅处""一等（一样）是个毒气"，也就是混同不别之意。丹霞颂里的芦花意象与明月意象都是洁白的，渔父的小船满载着皎洁的月光，隐入白茫茫一片芦花丛里，不正是像"银碗盛雪，明月藏鹭"一样混同不别吗？

如果抛开"青林死蛇"公案的背景，按照这首颂的文本，还可以作出另一种解释。"长江澄澈印蟾华"，蟾华就是月光，因传说月中有蟾蜍，故以蟾代月。月映长江，水天一色，上下空明，表里澄澈，这是何等纯净清空的世界，令人心旷神怡，流连忘返。然而，对于一叶小舟来说，这茫茫水天并不是安全的归宿，"满目清光"无非是不可凭依的幻觉而已。那芦花深处宁静的港湾，才是渔舟的停泊之处。所以，渔父最后的选择是"夜深依旧宿芦花"。在佛经里，水中月影有两种喻义，一喻空明清净，如寒山诗云："吾心似秋月，碧潭清皎洁。"一喻虚幻不可捉摸，如永嘉玄觉禅师《证道歌》云："镜里看形见不难，水中捉月争拈得？"丹霞颂里的长江月华当理解为第二喻义，这样，诗中的理趣就隐然可见。显然，"家"代表自性，"渔舟"代表参禅者，唯有识取自性，"依旧宿芦花"，才能不为"满目清光"的虚妄现象所迷惑。这首描写月夜渔舟的清丽绝句，不只是禅客体道的象征，它还给现代人以这样的启示，即如何像渔舟那样，在令人目乱神迷的物质世界里，守住自己那一角宁静纯真的精神家园。

溪源上流

溪 行 绝 句

释惟正

小溪一曲一诗成,吸尽诗源句愈清。
行到上流聊憩寂,云披烟断月初明。

——《云卧纪谈》卷下

释惟正(986—1049),一作惟政,是法眼宗净土惟素禅师的弟子,住持临安功臣山净土禅院,出入爱骑黄犊,禅林号为"政黄牛"。惟正雅富于学,善书工诗,书学王羲之、献之父子,诗有陶渊明、谢灵运之趣。平生制作号为《锦溪集》三十卷,今已亡佚,部分诗歌散见于各禅籍。释晓莹《云卧纪谈》称惟正"平居识虑洒然,不牵世累,处己清尚,于诗尤可见矣",即举此《溪行绝句》为例。

前两句写溪行的趣味。"小溪一曲一诗成",沿着清溪前行,景色如此优美,移步换景的一曲溪水就能引发诗人一首小诗。清溪仿佛是灵感的源泉,"吸尽诗源句愈清",当诗人吸尽溪水的清气,酿造诗思,其诗句就能愈发清新。"诗源"之"源",来自小溪的联想。五代诗僧贯休诗曰:"乾坤有清气,散入诗人脾。"(《古意九首》之三)而此时,乾坤的清气通过清溪源泉散发出来,使诗人心脾得以净化,生成诗句。

然而,若将溪行之兴只看作吸取"诗源",则未免皮相之见。后两句"行到上流聊憩寂,云披烟断月初明",才是这首诗的旨趣所在。这两句很容易使人联想到王维的"行到水穷处,坐看云起时",正如我们已分析过的那样,王维的诗象征着始于追根穷源的寻思、终于心行路绝的默照的悟道过程。而惟正这两句,未尝不是悟道的隐喻。"云披烟断",意为云烟披豁,散开,断绝。两句的隐喻义为:修行到了最上一关时,只要放下固执追寻之意,不妨稍作歇息,就会顿然觉得心中云开雾散,皎如明月,一切疑情迷念顿然消失。与王维诗不同之处在于,惟正行到溪水上流而暂作"憩寂",其"坐看"的不是"云起",而是"云披烟断"后的"月初明"。而月的意象与云的意象不同,在禅宗象征系统里,月向来是比喻圆满觉悟的心性,即寒山诗所谓"吾心似秋月"。惟正这首诗,是溪行寻道的另一种隐喻,相对于王维诗来说,有夺胎换骨之妙。

显然，这首《溪行绝句》，始于观景寻诗，终于借景悟道，溪行的过程，便成了引发诗思、净化禅心的过程；而溪之源也不仅是诗之源，而且更是觉悟之禅源，"清"与"明"二字正分别代表了诗源和禅源的两种本色。

梦觉莺啼

睡

吕本中

终日题诗诗不成,融融午睡梦频惊。
觉来心绪都无事,墙外莺啼一两声。

——《东莱先生诗集》卷一

严羽《沧浪诗话》说:"禅道唯在妙悟,诗道亦在妙悟。"而禅悟和诗悟都注重触机。何谓触机?无心遇之,偶然得之。大慧宗杲禅师说得好:"第一不得存心等悟。若存心等悟,则被所等之心障却道眼。"(《大慧普觉禅师语录》卷三十)宗杲是南北宋之际的高僧,提倡"看话禅",在禅宗史上有很大影响。《江西宗派图》的作者吕本中(1084—1145)曾经向宗杲问学,自然懂得这个道理。

这首《睡》诗写的无非是一个士大夫日常生活中的普通感受,然而天趣盎然,意味深长,深得禅悟、诗悟之旨。"终日题诗诗不成，融融午睡梦频惊"，诗人终日用心作诗，以至于午睡频频惊觉，然而诗还是无法作成。为什么呢？因为真正的诗人作诗，不是用准确的概念去描述世界，而是以直接的体验拥抱世界。执着于推敲字句的诗人常常陷入语言的牢笼，被句法、格律的理性之网套住手脚，被冥思苦想之心——"存心等悟之心"障却诗眼。禅家语有道是"悟则直下便悟，拟思则差"。终日题诗，午睡频惊，正是堕入"拟思"的魔道。"觉来心绪都无事，墙外莺啼一两声"，午睡醒来，放却作诗之念，自由自在，无所用心，则触目处都是宜人之景，入耳中尽是优美之音，会心时全是欣悦之情，墙外春色，莺啼声声，都有盎然的诗意。"觉来"既是午睡之觉，也是心灵之觉，当诗人心绪处于无事状态，即悟到"平常心"之时，才发觉诗无处不在。

　　这首诗表面上写诗悟的过程，实际上暗寓禅理。前两句有着意参禅求道的意味，后两句有无意得之、偶然悟之的哲理。道无处不在，"墙外莺啼一两声"，就是道的显示。俗话说："有意栽花花不活，无心插柳柳成荫。"诗悟与禅悟大抵也如此。诗人和禅客只有在"心绪都无事"的状态下，才能在真实坦露的世界面前领略到诗的真谛，禅的真谛。这首诗情韵宛转，寓理无迹，其审美价值已超越了谈禅说诗。

茗香诗禅

东轩小室即事五首（其四）

曾 幾

烹茗破睡境，炷香玩诗编。
问诗谁所作，其人久沉泉。
工部百世祖，涪翁一灯传。
闲无用心处，参此如参禅。

——《茶山集》卷二

曾幾（1084—1166），字吉父，号茶山居士，其先赣州人，后徙河南府。绍兴间历官浙江提刑，忤秦桧，去位。秦桧死，召为秘书少监，权礼部侍郎。曾幾与吕本中为诗友，是后期江西诗派重要诗人。有《茶山集》八卷传世。曾幾性好参禅学佛，曾谒见草堂善清、大慧宗杲等大师，与雪峰慧空禅师有深交。

这是一首著名的以禅喻诗之诗。头两句"烹茗破睡境，炷香玩诗编"，描写在东轩小室里烹茶吃茶，破除了睡魔的困扰，同时炷一炉薰香，清心净虑，开始阅读玩味诗编。

中间四句是说诗编的作者虽早已过世，但他们在诗歌史上影响深远，代代相传。"问诗谁所作，其人久沉泉"，这两句承接"诗编"而来，"沉泉"是沉入黄泉之意，死亡的委婉说法。这是谁的诗编呢？从"其人久沉泉"可推断曾幾读的是杜诗。杜甫去世至曾幾作此诗时，已经有三百多年。接下来两句，"工部百世祖，涪翁一灯传"，用禅门宗派的祖师和传灯的概念，来比喻诗编作者杜甫在诗界的地位，相当于禅家百世之祖，永远受人膜拜；而他的诗艺则有黄庭坚（涪翁）来继承，黄氏就如同能传杜甫之灯的禅门法嗣。换言之，这四句是说诗编作者虽已"久沉泉"，但他崇高诗艺却至今有"一灯传"——黄庭坚传杜甫之灯，而曾幾则隐然要传黄诗之灯。这显示出他对黄庭坚与江西诗派的自觉认同。

最后两句"闲无用心处，参此如参禅"的阅读态度，这也是曾幾一贯的读诗方法，他在《读吕居仁旧诗有怀其人作诗寄之》中表示："学诗如参禅，慎勿参死句。纵横无不可，乃在欢喜处。"也把读吕本中的诗比作参禅。

这首诗所描写的诗禅关系，在南宋士大夫诗中颇有代表性，大抵表现为三点：

其一,"工部百世祖,涪翁一灯传"二句,以禅宗"传法正宗定祖图"的模式来比拟诗歌流派和诗学谱系,这种思维模式来自其友人吕本中所作《江西宗派图》。这种比拟在《茶山集》中并不鲜见,如《李商叟秀才求斋名于王元渤以养源名之求诗》曰:"老杜诗家初祖,涪翁句法曹溪。尚论渊源师友,他时派列江西。"将杜甫比为禅宗的东土初祖菩提达磨,将黄庭坚比为禅宗六祖慧能(曹溪)。又比如《次陈少卿见赠韵》曰:"华宗有后山,句律严七五。豫章乃其师,工部以为祖。"称赞陈少卿的同宗有陈师道,以杜甫、黄庭坚(豫章)为祖师,这也来自"传法正宗定祖"的意识。其后刘克庄在《茶山诚斋诗选序》里继承这种模式:"比之禅学,山谷(黄庭坚)初祖也;吕(本中)、曾(幾),南北二宗也;诚斋稍后出,临济、德山也。"把曾幾本人也拉进这个以禅拟诗的谱系。当然,还有严羽的《沧浪诗话》以"乘有大小,宗有南北,道有邪正"以及"临济下""曹洞下"的禅门等级宗派来喻诗坛流派,方回的《瀛奎律髓》以杜甫、黄庭坚、陈师道、陈与义为"一祖三宗",都采用同样的以禅拟诗的思维模式。

其二,"参此如参禅"是宋代习禅士大夫中最常见的读诗方法,苏轼早在元祐年间就写下"暂借好诗消永夜,每逢佳处辄参禅"(《夜直玉堂携李之仪端叔诗百余首读至夜半书其后》)的句子,遇到诗歌最精彩的地方,反复咀嚼玩味,如同参究最玄妙的禅机一般。此后韩驹、吴可都有"学诗如参禅"一类的诗句,南宋后更成为诗人们的口头禅,不胜枚举。曾幾的这句诗正是此种语境下的产物。

其三,曾幾读诗的背景很有意思,他一边在"玩诗",同时一边在"烹茗""炷香"。也就是说,他在用眼根阅读诗篇的同时,舌根、鼻根也分别在赏玩佳茗和炉香,而"烹茗""炷香"和"玩诗",都在"闲无用心处"的状态下进行。所以,"参此如参禅"就可作进一步的联想,"参此"不只是"参诗"而已,也可以或可能包括"参茗"和"参香",因为曾幾在《黄嗣深尚书自仰山来惠茶及竹熏炉》诗中写过"茗碗中超舌界,熏炉上悟香尘"的诗句,从茗碗和香炉中体悟到超越性的"禅味"。这等于说,曾幾在东轩小室中的活动,烹茗、炷香和玩诗,都在"参禅"的层次上统一起来,实现了"诸根互用"而"一境圆通"的理想。茶禅、香禅和诗禅的三位一体,这正是佛教"六根互用"对宋代士大夫日常生活、文学和审美活动影响的典型体现。

汤泉洗垢

题 汤 泉

释可遵

禅庭谁立石龙头？龙口汤泉沸不休。
直待众生尘垢尽，我方清冷混常流。

——《冷斋夜话》卷六

北宋福州中际可遵禅师（生卒年不详），号野轩，是云门宗雪窦重显禅师的法孙。可遵好作诗颂自我炫耀，欲盖过他人。所以禅林中人对他表面尊礼，心里却不以为然，称他为"遵大言"，意为"大言不惭的可遵"。可遵曾经过庐山温泉寺，题诗壁间，为苏轼所赏，因此而更为知名。

"禅庭谁立石龙头"，写温泉所处位置和泉眼的形状。据《庐山纪事》卷三载，匡庐黄龙山北麓有二池，水曰温泉。其地有温泉寺，俗谓之灵汤寺。寺僧尝凿石为龙首以出泉。汤泉，即温泉，以其水热如汤，故称。"龙口汤泉沸不休",汤泉从石龙头口中涌出,流泉滚滚,作沸腾状,无止无休。温泉处于禅院中,正好用于洗浴,相当于天然的浴室,较一般禅院的浴室洗沐效果更好。僧徒的洗沐,是日常修道的重要行为之一。《释氏要览》卷中曰:"澡浴,但为除身中风冷病,得安稳行道故。有五利:一除垢;二治皮肤,令一色;三破寒热;四下风气;五少病痛。"

"口"是说话的器官,所以"龙口"的"口"具有双关的修辞效果。一方面,"龙口"中流出沸腾的汤泉;另一方面,"龙口"又似乎在代替汤泉发出宏愿:"直待众生尘垢尽,我方清冷混常流。"即洗尽众生尘垢之后,我这滚热的温泉再混同一般清冷的泉水。因而"龙口"中"沸不休"的汤泉又可看作它自身喋喋不休的誓言。当然,这拟人化的汤泉归根结底表达了可遵的志向:待我弘扬佛法,除尽众生烦恼之后,再功成身退,混同常人。

可遵这首诗借咏汤泉而言志向,颇得咏物之体,拟物为人,构思巧妙,所以能得苏轼的注目。然而,"直待众生尘垢尽"二句,俨然有释迦牟尼担荷人类罪恶之意,虽是向上一路,毕竟过于高标自诩,不自觉露出"遵大言"的本色。

本无寒温

戏作汤泉诗

苏　轼

石龙有口口无根,自在流泉谁吐吞?
若信众生本无垢,此泉何处觅寒温?

——《苏轼诗集》卷二十三

这首诗又见于《侯鲭录》卷四、《冷斋夜话》卷六。苏轼过庐山汤泉,见壁上有可遵题诗,虽然喜欢,但觉得在禅学上还有可议之处,于是作七绝一首。因此,这首诗与其说是和作,不如说是翻案。

前两句针对"禅庭谁立石龙头"二句提出疑问:"石龙有口口无根,自在流泉谁吐吞?"如果说石龙头虽有口,而没有水的根源,那么又怎能自在地吞吐温泉呢?"根"字既指水的根源,即温泉的根源,又双关佛教六根之说,即眼、耳、鼻、舌、身、意等六根。《楞严经》卷六说:"一根既返源,六根成解脱。"然而此就"有根"而言,若是"无根",则既不能返其源,更不能成解脱。所以反过来说,流泉既可吞吐,则其口理应有根;既可自在吞吐,则其根理应返源而成解脱,否则如何能"自在"?进一步而言,若说石龙口有根,那么此顽石凿就之龙头何来根性?若说石龙口无根,那么此流泉又如何能自在吞吐?这两句问语相比于可遵原诗的写实,显然有更深的哲理意味,涉及一根返源与解脱自在之间的关系。

后两句也是问语形式:"若信众生本无垢,此泉何处觅寒温?"这是针对可遵"直待众生尘垢尽,我方清冷混常流"两句而发。垢,既指人体之尘污脏物,又为佛教术语烦恼之异名。清净而无垢染,称为无垢,也称无漏。苏轼有次在泗州雍熙塔下洗浴时,写了首《如梦令》词:"水垢何曾相受,细看两俱无有。寄语揩背人,尽日劳君挥肘。轻手,轻手,居士本来无垢。"虽是游戏之作,却可看出苏轼的佛学思想。词中关于水与垢的描写,来自佛教万法皆空的观念,万法由因缘而生,无有自性,无自性故空,即以空为性。以空为性,所以清水与尘垢"两俱无有"。这两句诗也表现了同样的道理,若按照万法皆空的观念,则众生本无尘垢,而汤泉也无寒温之分,哪里还谈得上"清冷混常流"?所以苏诗这两句可看作是对可遵誓愿的解构,"直待众生尘垢尽"的大言,从根本上来说是没有意义的。明白这一点,方可悟得"自在流泉任吐吞"的真谛。

溪声山色

赠东林总长老

苏 轼

溪声便是广长舌,山色岂非清净身。
夜来八万四千偈,他日如何举似人。

——《苏轼诗集》卷二十三

元丰七年(1084)五月,苏轼游庐山,夜宿东林寺,与住持长老常总禅师讨论"无情话",有所省悟。第二天早上,呈献这首诗偈与常总禅师,以示机缘相投(事见《五灯会元》卷十七)。东林寺,是庐山名刹,为东晋高僧慧远法师的道场,虎溪在寺旁不远处。元丰三年,宋神宗诏改东林律寺为禅寺,江州郡守请常总住持。常总是黄龙慧南的弟子,属临济宗黄龙派南岳下十二世。

苏轼与常总夜论的内容已不得而知,不过所谓"无情话"的讨论可能与唐代南阳慧忠国师"无情说法"的言论相关。"无情",佛教指无生命无情识之物,与"有情"(众生)相对。《景德传灯录》卷二十八载南阳慧忠国师语,认为"墙壁瓦砾"这样的无情之物,照样可以说佛法,"他炽然常说,无有间歇"。我们可推测,苏轼在东林寺时,听到虎溪溪声,终夜鸣响,看到庐山山色,长年青翠,一瞬间觉悟到"无情说法"的真谛。

"溪声便是广长舌",虎溪水声淙淙流淌,源源不断,不正像佛祖以广长舌说法滔滔不绝么?广长舌,是佛的三十二相中的第二十七相。《大智度论》卷八曰:"是时佛出广长舌,覆面上至发际,语婆罗门言:'汝见经书,颇有如此舌人而作妄语不?'"溪声鸣响如佛翻卷其广长之舌,这是有声的说法。还有一种无声的说法,这就是"山色岂非清净身"。清净身,是指佛的三身之一"法身",即清净无相之身。既然"青青翠竹尽是法身",那么眼前的青山为何不是法身呢?既然"墙壁瓦砾"可演说佛法,那么眼前的青山为何不可演说佛法呢?所以青山虽然静谧无声,同样可以"无情说法"。孙奕《履斋示儿编》卷十称此两句:"以溪山见僧之体,以广长舌、清净身见僧之用。诚古今绝唱。"

"夜来八万四千偈",极言溪声山色"炽然常说,无有间歇",所说佛偈多不胜数。在佛经的语言系统里,"八万四千"不是实数,而是极言数量之多。《施注苏诗》卷二十一注曰:"《楞严经》等'八万四千清净宝目,八万四千烁迦罗首,八万四千母陀罗臂',皆记佛法门之数。"然而,苏轼虽然领悟到溪声山色"无情说法"之意,但此"八万四千偈"只有在此时此刻的虎溪、庐山才能真正体会,在离开当下的见闻之后,"无情说法"再也无法向他人演示传达,所以诗的结尾称"他日如何举似人"。举似,意思是举给、举与。就这一点而言,苏轼的看法与禅门"如人饮水,冷暖自知"的观念相通,即自己个人当下的禅经验难以在他日"举似"他人。

总之,苏轼凭借这首"投机偈"被禅门的传灯录追认为常总禅师的法嗣,列在临济宗黄龙派南岳下十三世。葛立方评价说:"如此等句,虽宿禅老衲不能屈也。"(《韵语阳秋》卷十二)然而,宋代的禅门老宿并非都认可此偈。据《罗湖野录》卷下记载:"程待制智道、曾侍郎天游寓三衢最久,而与乌巨行禅师为方外友。曾尝于坐间举东坡宿东林闻溪声呈照觉总公之偈:'溪声便是……'程问行曰:'此老见处如何?'行曰:'可惜双脚踏在烂泥里。'曾曰:'师能为料理否?'行即对曰:'溪声广长舌,山色清净身。八万四千偈,明明举似人。'二公相顾叹服。"乌巨行禅师不仅将苏轼的七言诗压缩为五言诗,而且在末句使用翻案法,将苏轼的反问句改为肯定句。又如圆智证悟法师读了苏轼偈:"通夕不寐,及晓钟鸣，去其秘蓄，以前偈别曰："东坡居士太饶舌，声色关中欲透身。溪若是声山是色，无山无水好愁人。'"（《五灯会元》卷六）证悟法师批评苏轼参禅乃凭借溪声山色，未能透过声色之关，未能在无山无水之处真正获得解脱。

这首偈在明代禅林才遇到真正知音。达观真可禅师说："众生不悟言说法身，而为文字所转。如悟言说法身，则不必离言说而求法身也。……眉山曰：'溪声便是广长舌，山色无非清净身。'则言说法身与色相法身无别也。岂惟色相哉？鼻之所臭，舌之所尝，身之所触，意之所知，谓之臭味法身、触法法身，亦不悖初言说法身也。故灵云见桃花而悟道，楼子听曲声而明心，良有以乎！"（《紫柏老人集》卷七《楞伽山寺大藏阁缘起》）这就从六根、六识相通的角度，论证了苏轼以溪声山色为"无情说法"，与灵云见花、楼子听曲等公案在佛理上异迹而同趣。

庐山真面

题 西 林 壁

苏 轼

横看成岭侧成峰,远近高低各不同。
不识庐山真面目,只缘身在此山中。

——《苏轼诗集》卷二十三

这首诗自宋以来传播极广,直至今天,中小学生也耳熟能详。常见的诗歌赏析认为,前两句"横看成岭侧成峰,远近高低各不同",写游山所见。因为庐山峰峦起伏,沟壑纵横,变化多姿,所以游人所处位置不同,看到的景色也不相同。庐山山形总体而言是南北走向,如果横着看过去,即从东或西看,山形就是并肩排列的坡岭;如果侧着看过去,即从北或南看,山形就是峻峭陡立的险峰。同样的道理,从远处、近处、高处、低处看庐山,看到的景象也完全不一样。后两句"不识庐山真面目,只缘身在此山中",是即景说理。游人为什么不能辨认庐山的真相呢？是因为身处庐山之中，视野为峰峦沟壑所限，只能看到山的某个局部，具有片面性。游山如此，观察世上事物也是如此。人们所处地位不同，观察世界的角度不同，看问题的出发点不同，对客观事物的认识必然有局限性。只有超越狭小的范围，避免自己的偏见，才能全面正确地认识事物。这是今人的普遍看法。

历史上有些学者从儒家认识论角度解释这首诗，比如宋人陈善说："孔子登东山而小鲁，登泰山而小天下。所登愈高，所见愈大，天下之理，固自如此。虽然，孔子岂但登泰山而后知天下之小哉？此孟子所以有感于是也。东坡尝用其意作庐山诗曰：'横看成岭侧成峰……'知此则知孔子登山之意矣。"（《扪虱新话》上集卷一《因登山而感所见》）明人杨慎说："予尝言东坡诗：'不识庐山真面目，只缘身在此山中。'盖处于物之外，方见物之真也。"（《丹铅总录》卷一《宋儒论天外》）这样解释自然有其道理。

然而值得注意的是，此诗与《赠东林总长老》作于同时，题在与东林寺邻近的西林寺壁上，写作场景在佛教寺院里。而且"真面目"三字，也来自禅宗，即禅籍常说的"本来面目"。因此，此诗的哲理便更多与佛禅智慧相关。诚如黄庭坚所说："此老人于般若横说竖说，了无剩语。非其笔端有舌，安能吐此不传之妙哉？"（《冷斋夜话》卷七）那么，这"般若"是从何表现出来的呢？

苏轼在诗里谈到观察庐山的局限性之时，其实已暗含超越这种局限性的哲理。孔子登泰山，无论站得多高，即使是在绝顶，仍然处于"此山中"，只不过是从高处往下看而已。杨慎所谓"处于物之外，方见物之真"，既然站在此山之外，则不能见出此山中的真相细节。跳出"身在此山中"的视觉限制，真正认识"庐山真面目"，这只有般若智慧能够做到。因为这智慧超越了任何一个视觉角度，超越了横看侧看或远近高低看，是一种全知全能的观照。苏轼同时代的沈括（1031—1095）讨论画山水时说："大都山水之法，盖以大观小，如人观假山耳。"（《梦溪笔谈》卷十七）正可借用来说明苏轼的观照立场。

"以大观小"之法，源于佛教的周遍法界观。《楞严经》卷四："而如来藏唯妙觉明，圆照法界，是故于中，一为无量，无量为一，小中现大，大中现小，不动道场，遍十方界，身含十方无尽虚空。"站在周遍法界的立场，就再也没有观照的局限，庐山的本来面目再也没有遮蔽。明僧智旭更从万法唯心的角度解释此诗："诗中有事有理。约事者，谓身在山中，不能尽见庐山全境,故曰'只缘身在此山中'也。约理者,东坡乃悟道之人,即事以显理也。侧看成峰,横看成岭,远近高低各不同者,谓侧看横看,远近高低,皆是心性所成。'不识庐山真面目'者,不识心性本来面目也。'只缘身在此山中'者,身在此心性中故也。《楞严经》云:'一迷为心,决定惑为色身之内,不知色身外洎山河大地,皆是妙明心中所现物也。'"(《阿弥陀经要解便蒙钞》卷一)既然山河大地皆是妙明心中所现之物,那么"庐山真面目"又如何还能隐藏呢?这就是苏轼笔端所吐的不传之妙。

长鬣无措

书焦山纶长老壁

苏 轼

法师住焦山，而实未尝住。
我来辄问法，法师了无语。
法师非无语，不知所答故。
君看头与足，本自安冠屦。
譬如长鬣人，不以长为苦。
一旦或人问，每睡安所措？
归来被上下，一夜无着处。
展转遂达晨，意欲尽镊去。
此言虽鄙浅，故自有深趣。
持此问法师，法师一笑许。

——《苏轼诗集》卷十一

熙宁七年（1074）二月，苏轼途经镇江焦山寺，参谒住持纶长老，随后题诗壁上。纶长老是西蜀梓州中江人,算是苏轼的半个老乡。焦山寺不属于禅宗,因此诗中称纶长老为"法师",而非"禅师"。

诗的前六句,写参谒纶长老问法的情况。"法师住焦山,而实未尝住",一开头就是禅家机锋,一个"住"字实有二义:前一是世俗义,指身之所在,即住持、居住的"住";后一是佛教义,指心有所执着滞留,即有住、无住的"住"。这两句是说纶长老虽然住持焦山寺,然而其心却无所黏滞,做到了《金刚经》所说"无所住而生其心"。进一步而言,这一"住"字也与佛教四劫之一"住劫"相关。佛教以成、住、坏、空四劫来认识宇宙的生成、持续、毁灭、空无的循环过程。明人邓球即从这一角度来理解苏轼这两句诗:"客有谈成住坏空。予曰:成住坏空,只专说得个形了,若实际,原无坏,亦非空。故曰:'真空不空。'昔苏东坡《书焦山纶长老壁》云:'法师住焦山,而实未尝住。'味'实未尝'三字,即所谓处世为浮生,浮字义,此当与真空字相体贴。"(《闲适剧谈》卷一)"实未尝住"便是浮于世上,如浮于水上,自然处于"无住"状态。所以这四字乃是此诗诗眼。

接下来六句"我来辄问法,法师了无语。法师非无语,不知所答故。君看头与足,本自安冠屦",法师为什么不知所答呢?因为法师既然"实未尝住",那么对一切事物都不执着，这也包括佛法。《金刚经》说："不应住色生心，不应住声、香、味、触、法生心。"若是对"问法"作出回答，岂不是"住法生心"了？更关键的是，法师的行为本身就是"无住"的体现，他从未思虑过何为佛法的问题，就像一个人的头与脚，本来已经安适于帽子与鞋子，如此自然，浑然不觉，还有什么分别的必要呢？苏轼前来问法，难倒了法师；法师无语回答，苏轼又为之解困。这完全是一个聪明绝顶的天才的自问自答，在没有得到回答的这一刻，便已领悟到佛法的真谛。

这首诗最精彩的部分是关于长鬚人的比喻："譬如长鬚人，不以长为苦。一旦或人问，每睡安所措？归来被上下，一夜无着处。展转遂达晨，意欲尽镊去。"一个长着长胡须的人，本来丝毫不介意胡须之长带来的不便。但是一旦有人问他：睡觉时胡须放在什么地方？他晚上就会考虑这个问题，到底是放在被子上，还是放在被子下呢？这样搞得一夜睡不着觉，以至于早晨起来想把胡须全部剃光。这个比喻说明，一个本来"无所住心"于胡须上的人，一旦留意自己的胡须，"生有所住心"，于是烦恼便接踵而至。人生的烦恼从何而来？多半是自己找来的。《景德传灯录》卷三记载，沙弥道信礼拜僧璨大师，乞求得到解脱法门。大师曰："谁缚汝？"答曰："无人缚。"大师曰："更何求解脱乎？"道信一时于言下大悟。既然没有人束缚你,又哪里需要什么解脱法门呢?反过来说,如果你"有所住心",纠结于烦恼与解脱的问题,只能是作茧自缚,越缠越紧。

关于长鬣人的故事,赵次公注认为:"此篇譬喻,乃先生用小说一段事,裁以为诗,而意最高妙。"(《集注分类东坡先生诗》卷五)所谓"小说",黄彻坐实为"《笑林》语也"(《䂬溪诗话》卷四),但其出处已不可考。稍后于苏轼的蔡絛讲了个故事:"伯父君谟号美髯须。仁宗一日属清闲之燕,偶顾问曰:'卿髯甚美长,夜覆之于衾下乎?将置之于外乎?'君谟无以对。归舍,暮就寝,思圣语,以髯置之内外悉不安,遂一夕不能寐。盖无心与有意,相去适有间,凡事如此。"(《铁围山丛谈》卷三)君谟就是宋仁宗朝大臣蔡襄(1012—1067),苏轼对这位前辈的轶事应该有所耳闻,诗中的比喻或许就是用蔡襄事。

结尾四句"此言虽鄙浅,故自有深趣。持此问法师,法师一笑许",大约是因苏轼的言辞是如此雄辩,比喻是如此巧妙,纶长老也不得不点头一笑赞许。这哪里是苏轼"我来辄问法",而完全是他在对法师大谈佛理。纪昀评价此诗:"直作禅偈,而不以禅偈为病,语妙故也。不讨人厌处,在挥洒如意。"(《纪评苏诗》卷十一)可以说准确地揭示了此诗的艺术特点。

借禅为诙

闻辩才法师复归上天竺以诗戏问

苏 轼

道人出山去,山色如死灰。
白云不解笑,青松有余哀。
忽闻道人归,鸟语山容开。
神光出宝髻,法雨洗浮埃。
想见南北山,花发前后台。
寄声问道人:借禅以为诙。
何所闻而去,何所见而回?
道人笑不答,此意安在哉?
昔年本不住,今者亦无来。
此语竟非是,且食白杨梅。

——《苏轼诗集》卷十六

辩才法师(1011—1091),法名元净,字无象,是天台宗僧人。十岁出家,年二十五赐紫衣及辩才号。上天竺,寺名,在杭州北高峰麓。嘉祐末年,知州沈遘认为上天竺寺本是观音大士道场,以声音忏悔为佛事,不宜禅那所居,乃请朝廷"以教(天台宗)易禅(禅宗)",并聘辩才法师为住持。辩才扩大寺院规模,重楼杰阁,冠于浙西。辩才住上天竺十七年,有僧文捷觊觎其寺的富有,倚靠权贵,支使转运使为他夺取占有,迁辩才于下天竺。辩才恬然处之,转运使又将他驱逐到於潜县。一年以后,文捷的恶行败露,朝廷得知其事,重新将上天竺还给辩才。当时辩才的方外友大臣赵抃曾赞此事:"师去天竺,山空鬼哭。天竺师归,道场光辉。"其生平事迹见于苏辙《龙井辩才法师塔铭》。苏轼任杭州通判期间,与辩才交往频繁,曾作诗《赠上天竺辩才师》。元丰元年(1078),苏轼在知徐州期间,听说辩才被逐出上天竺而又复返之事,便写下这首诗问候致意。诗的写作背景,究其性质,乃属于佛教宗派之间的斗争,不过苏轼却以"戏问"的形式,将它写得禅意盎然。

"道人出山去,山色如死灰。白云不解笑,青松有余哀"四句,描写辩才法师被迁出上天竺之后,文捷当住持,寺院从此破败,山林萧条无颜色,甚至连白云、青松也为之忧愁。据《塔铭》记载:"捷之在天竺也,吴人不悦,施者不至,岩石草木为之索然。"相比较而言,诗中的描写更加夸张,采用了拟人化手法,山林、白云、青松皆染上人的感情色彩。

"忽闻道人归,鸟语山容开"等六句,描写辩才返回上天竺之后,寺院重新欣欣向荣。即《塔铭》所言:"及师之复,士女不督而集,山中百物皆若有喜色。""山色"与"山容"的措辞有细微差别,前者是色如死灰,后者是容光焕发,不仅刻画了山寺的旧貌换新颜,而且暗示了辩才人格的强大感召力,连山林也为之动情。正如清人汪师韩所说:"'鸟语山容开'五字,尤有神助。"(《苏诗选评笺释》卷二)此时,寺中佛像头顶宝髻放出灵异的神光,山中普降法雨洗净了从前的尘埃。所谓"法雨",乃喻指辩才大师说法。因佛法如雨润泽万物,故称法雨。《法华经·序品》:"今佛世尊欲说大法,雨大法雨,吹大法螺,击大法鼓,演大法义。"辩才是天台宗法师,天台宗依《法华经》立教,讲说佛法,所以用"法雨"比喻,尤为贴切。"想见南北山"二句,化用白居易《寄韬光禅师》诗句:"一山门作两山门,两寺原从一寺分。东涧水流西涧水,南山云起北山云。前台花发后台见,上界钟声下界闻。"是说想必杭州南高峰、北高峰的佛寺花台上,都是一幅鲜花盛开的景象。此时苏轼在徐州,不在杭州,所以用"想见"二字。

仅从以上十句来看,无非是写辩才去来上天竺的实况,将赵抃的赞和苏辙的塔铭所记之事进一步踵事增华，艺术上作些夸张修饰而已。不过，诗的前半部分只是说禅的背景，真正精彩的禅趣出现在后面十句，"寄声问道人：借禅以为诙"，这才是全诗写作的基点，即用禅宗"本无差别"和"无所住心"的观念给辩才开个玩笑，通篇立意在"禅"字和"诙"字上，即禅宗所说的"游戏三昧"。

"何所闻而去，何所见而回"二句，几种苏诗注皆引《世说新语·简傲》钟会见嵇康时的问答："钟要于时贤儁之士俱往寻康。康方大树下锻，向子期为佐鼓排。康扬槌不辍，傍若无人，移时不交一言。钟起去，康曰：'何所闻而来？何所见而去？'钟曰：'闻所闻而来，见所见而去。'"嵇康、钟会之间的问答，非常像《景德传灯录》里记载的禅家机锋，南宋陈善据此甚至认为钟会"会禅"（《扪虱新话》上集卷二《钟会王徽之会禅》）。然而，这首诗却只有问，没有答："道人笑不答，此意安在哉？"佛书称高僧为"道人"，即有道之人，不同于"道士"。那么，辩才的笑而不答中到底含有什么深意呢？令人费解。

接下来是苏轼对其笑意的猜测："昔年本不住，今者亦无来。"原来在辩才看来，昔与今、去与来皆本无差别，皆无所住而生其心，无须忧伤，也无须欢乐。这两句很可能化用了《维摩诘经·问疾品》文殊与维摩对答的话:"时维摩诘言:'善来,文殊师利!不来相而来,不见相而见。'文殊师利言:'如是,居士!若来已,更不来;若去已,更不去。所以者何?来者无所从来,去者无所至,所可见者,更不可见。'"而这两句中"不住""无来"的说法,也可能出自《金刚经》:"应生无所住心。若心有住,则为非住。"或是:"如来者,无所从来,亦无所去,故名如来。"显然,这里借用了嵇康之问,却扬弃了钟会之答,比起前人的"会禅"更通透豁达。正如汪师韩所评:"'昔本不住,今亦无来',说来真是无缚无脱,较'闻所闻而来,见所见而去'更上一层矣。"(《苏诗选评笺释》卷二)

诗的结尾"此语竟非是,且食白杨梅",完全使用的是禅宗问答的惯用机锋,使我们想起赵州和尚的公案:"师问新到:'曾到此间么?'曰:'曾到。'师曰:'吃茶去。'又问僧,僧曰:'不曾到。'师曰:'吃茶去。'后院主问:'为甚么曾到也云吃茶去,不曾到也云吃茶去?'师召院主,主应喏,师曰:'吃茶去。'"不管僧曾到不曾到,赵州和尚都说"吃茶去",苏轼也不管此猜测之语到底是错(非)还是对(是),不管辩才过去、现在是否曾住上天竺,都只是说"且食白杨梅"。白杨梅是杭州的特产,《杭州图经》云:"杨梅坞在南山,近瑞峰,杨梅甚盛,有红白二种,今杭人呼白者为圣僧梅。"

清人赵翼称这首诗与《书焦山纶长老壁》:"此二首绝似《法华经》《楞严经》偈语,简净老横,可备一则也。"(《瓯北诗话》卷五)末句将一切议论问答推开,以"且食白杨梅"作结,正是禅宗"一切放下"的洒脱态度。在此,天台宗法师最终被苏轼塑造为"无缚无脱"的禅师形象,只是不知辩才大师是否首肯。

肌骨风流

铁 壁 颂

释法秀

孰能一日两梳头？缒得髻根牢便休。
大抵还他肌骨好，不搽红粉也风流。

——《罗湖野录》卷上

  这首偈颂写得十分旖旎，像一般风流才子的作品，很难想象出自一个得道高僧之手。作者法秀（1027—1090）是北宋云门宗天衣义怀禅师的弟子。冀国大长公主在东京开封府造法云寺成，诏法秀住持，为开山第一祖，神宗赐号圆通禅师。

  法秀平日不苟言笑，神情严肃冷峻，禅林称他为"秀铁面"。黄庭坚青壮年时好作艳词，有一次谒见法秀禅师，被其严词呵责："大丈夫翰墨之妙，甘施于此乎？"当时法秀正以轮回之说告诫李公麟不要画马，庭坚说："无乃复置我于马腹中邪？"法秀正色说道："汝以艳语动天下人淫心,不止生马腹中,正恐生泥犁耳!"(见《五灯会元》卷十七)意思是说,你的艳词诱惑人心,死后恐怕会堕入泥犁地狱中受苦,比投胎马腹中更惨。这个故事足以说明,法秀对描写女色的艳词深恶痛绝。然而,他写这首偈颂却是作法不自毙,所用词语"梳头""肌骨""红粉""风流",从头到尾描写的都是女性形象。那么,法秀为何只许州官放火,不许百姓点灯?只许自己说红粉,不许庭坚写艳词?作为一个出家人,写出这样的绮语,岂非更要堕入十八层泥犁地狱?

宋释晓莹《罗湖野录》记载了这首偈颂的写作背景,是我们解开疑问的一把钥匙。话说当年法秀与师弟怀秀一起跟随天衣义怀禅师参禅,饱参禅理,俱有时名,禅林称为大秀小秀。二人结伴游方,首谒临济宗圆鉴法远禅师于浮山。法远想将二人收为门下弟子,于是出示自己所写偈颂以及所编《禅门九带集》,并告谕说:"非上根利智,何足语此哉!"法秀暗里猜到法远的想法,便写下这首偈以表明自己的态度。这首偈颂又见于宋赵令畤《侯鲭录》卷四记载:"圆通禅师秀老,本关西人,立身孤峻如铁壁,得法于义怀禅师,不肯出世(指不肯当寺院住持),作颂云……"所以后来元释万松行秀《从容庵录》卷四称此为《铁壁颂》。

"孰能一日两梳头",《侯鲭录》作"谁能一日三梳头"。这是用女性梳头之事比喻自己从师学道之事。法秀参究义怀禅师而得彻悟,已经心许于云门宗,因此不再受临济宗法远禅师的诱导。一个禅僧既然已经跟定自己信服的老师,怎能再去成为另一个禅师的弟子呢?这正如一个女子晨妆已毕,梳裹已罢,岂能再三梳头?"缉得髻根牢便休",《集韵》谓"缉,结也",这句意思是发髻既然已编结坚牢,就不必再拆开重新梳裹,一切折腾皆可罢休。"髻根牢"比喻参禅根基已牢不可动,信心满满。

"大抵还他肌骨好,不搽红粉也风流",还他,俗语词,意谓包管他,保证他。肌骨,指肌肉骨骼,此指女性肌肤身形。搽,涂抹。这两句意思是,大概可包管这女子肌肤身材美好,不必再通过外在的修饰,不必再涂脂抹粉,也一样风韵迷人。还原作偈颂的语境,可知这两句是暗示自己已经得到禅学的真谛,内心充实,不再需要别的禅师来延誉印可。于是,法秀就这样通过一个梳裹已毕、不施红粉的美女形象,委婉地表达了对法远禅师想罗致自己入门的拒绝,表达了对云门宗天衣义怀禅师教导的坚守,也表达了对自己已彻悟的禅旨的笃信。顺便说,与法秀同行的师弟怀秀,后来改换门庭,投到临济宗黄龙慧南禅师门下,另搽红粉去了。

《侯鲭录》记载的法秀偈颂的"本事"虽有差异,但文本本身同样是表达了法秀对自己内心世界的坚守和自信，不靠"出世"当住持的外在地位（即不搽红粉）来肯定自己的道行。

这首偈颂在禅门流传极广，不少禅师借用其后两句说法、颂古，如汀州报恩法演禅师直接将两句嵌入自己的颂古："佳人睡起懒梳头，把得金钗插便休。大抵还他肌骨好，不涂红粉也风流。"（《五灯会元》卷二十）而前面部分写得更为香艳。

镜前痴语

日面佛月面佛颂

释法演

丫鬟女子画娥眉,鸾镜台前语似痴。
自说玉颜难比并,却来架上着罗衣。

——《法演禅师语录》卷中

用艳词绮语说法,是北宋中叶以来禅门中日渐风行的现象之一,这显然与城市经济的繁荣相关。城市中的花街柳巷、瓦肆勾栏因市民审美趣味的需求而一时盛行,宋代的词曲中,有关女性的描写占了相当大的比例。受此影响,禅师也常借艳词表现禅理。不光是云门宗的法秀写过肌骨风流,而且临济宗的五祖法演这首颂写得更为绮靡。

这首颂是为马祖的"日面佛月面佛"公案而发的。马祖,即中唐高僧道一禅师,俗姓马,西蜀汉州什邡人。因创立洪州宗,故禅林称他为马祖,或称马大师。

据《古尊宿语录》卷一记载,马祖临终前,寺院里的监事问:"和尚近日尊候(贵体状况)如何?"马祖曰:"日面佛,月面佛。"由此可知,这是马祖针对自己身体状况作出的回答,因而也可能包含他对生老病死的看法。关于"日面佛月面佛"的解释,众说纷纭:有人认为指光阴流逝迅疾,"金乌急,玉兔速";有人认为日面指白天,月面指晚上,意即白天晚上都是佛;有人认为据《佛名经》记载,日面佛寿长一千八百岁,月面佛寿仅一日夜,因此二者并称表明不执着寿命长短。那么,法演是怎么看待的呢?

"丫鬟女子画娥眉,鸾镜台前语似痴",写的是一个髻鬟高耸的女子在雕刻着彩鸾的镜台前梳妆画眉,对着镜中自己的形象喃喃自语,其语如痴似迷。这个女子的行为与马祖的公案有何关系呢?原来,有禅师认为,马祖以"日面佛,月面佛"回答院主,表现了一种抛弃了语言和思想的无分别取舍的境界,如婴儿索物时的"哆啝"之声,含糊不清,没有意义。法演颂的意思与之相近,只不过用女子的"语似痴"取代了婴儿的"哆啝"。如此比喻,是因镜子里外女子的两副面容可与"日面佛月面佛"产生某种联系。日面与月面,是佛的形相的两面,如同女子的真容与镜容,而佛像在形相美好方面与女子具有共同点,这也就是象征得以实现的基础。进一步而言，马祖弥留之际提及"日面佛月面佛"，虽有可能是没有意义的哆唎之语，却可看作是他对一生提倡的"即心即佛"的坚守，正如一个对镜梳妆的女子，即便是喃喃痴语，也无非是对镜中容貌的自恋。

"自说玉颜难比并，却来架上着罗衣"，原来女子痴语的内容是感叹镜中自己的容颜比不上真正的美女，因而在衣架上挑一件漂亮的罗衣穿上，由此增添了形象的光彩。那么，这里是不是在暗示，虽说"日面佛月面佛"还难以与真佛相比并，然而其答语本身的无目的性，却除去一切生死得失之念，由此而契合佛理呢？

这首颂与公案的关系很难扯上边，法演禅师的旨意也十分让人费解，不过有一点可以肯定，他是通过红妆女子的语言行为，赞叹马祖含糊答语中蕴藏的真谛。正如蜀僧云岩典牛天游禅师所说："东山老翁（指法演）满口赞叹则故是，检点将来，未免有乡情在。"意思是说法演对这则公案的赞叹，多少因为他是马祖同乡的缘故。而天游禅师则直接引用唐诗来评这则公案："打杀黄莺儿，莫教枝上啼。几回惊妾梦，不得到辽西。"（《五灯会元》卷十八）彻底否定马祖"日面佛月面佛"的意义，认为其答语本身就该被"打杀"。法演和天游虽皆为蜀僧，但前者属于临济宗杨岐派，后者属于临济宗黄龙派，对马祖公案的不同态度，也许缘于派别的分歧吧。

笙歌丛里

悟 道 偈

释克勤

金鸭香销锦绣帏，笙歌丛里醉扶归。
少年一段风流事，只许佳人独自知。

——《五灯会元》卷十九

寒山以明月清泉显露禅心，克勤（1063—1135）却以风流艳事比譬悟境。克勤是五祖法演的弟子，先后赐号佛果禅师、圆悟大师，曾评唱雪窦重显颂古一百则，辑为《碧岩录》十卷。当年克勤出家，依法演禅师为侍者。一日，五祖以小艳诗"频呼小玉元无事，只要檀郎认得声"两句示学者，克勤侍立在旁，于"认得声"之句茫然无解，后经五祖以赵州和尚"庭前柏树子"公案点拨，忽然有省。又见鸡飞栏杆，鼓翅而鸣，更了悟"声"的禅意。于是克勤作此偈，呈交给五祖，五祖阅罢大加赞许，称他"参得禅也"。那么，这首偈到底参到什么禅呢？

"金鸭香销"二句，表面上是写风流狎客寻花问柳的艳事，沉溺于男欢女爱，热衷于歌榭舞台，而实际上是比喻禅客在纷繁的"色界""欲界"中求道。香鸭炉前，锦绣帏中，笙歌丛里，香艳已极，绮靡已极，而此间仍不妨有禅的神通妙用。有如禅家古德所说，"优钵罗花火里开"，或是"华街柳巷乐天真"，只要悟得"平常心"，便可做声色场中的解脱人。狎客寻芳有得，扶醉而归，正如禅客参禅有得，心下自省。而这种经验好比锦绣帏中男女欢会所体会到的快感。

"少年一段风流事，只许佳人独自知"，这不仅是男女双方不愿为人知的一段隐秘，而且那种微妙的感觉非当事人不能理解，无法用语言说与他人。禅宗主张"亲证"，认为禅悟"如人饮水，冷暖自知"，绝言诠，超思维，智与理冥，境与神会，是一种个体的神秘的心理感受或领悟，任何思想和概念都无法与之完全相对应。显然，"只许佳人独自知"表现的是禅家的个体一得之悟。然而这哲理深深地蕴藏在人生的真切感受之中，情、景、理三者融为一体，即使抽去其象征的禅理，这首偈作为旖旎婉约的艳情诗，仍然有欣赏价值。

停针不语

狗子无佛性颂

释中仁

二八佳人刺绣迟,紫荆花下啭黄鹂。
可怜无限伤春意,尽在停针不语时。

——《禅宗颂古联珠通集》卷十九

乍读这首诗,给人的感觉是花团锦簇,婉约多情,俨然就是青春少女的伤春之作,与唐人的闺怨绝句相比,毫不逊色。它若不是见于《禅宗颂古联珠通集》,恐怕我们很难想象这是有关禅宗公案的阐说。根据《嘉泰普灯录》卷十五记载,彴堂中仁禅师上堂说法,举"狗子无佛性"一则公案,顺口吟成这首诗以颂之。可见所谓伤春闺怨,只是他所表达的禅理的隐喻而已。

中仁禅师(?—1179),号彴堂,宣和初落发,往来三藏译所,精通经论,是义学僧。后来见圆悟克勤于天宁寺,遂得大悟,成为临济宗杨岐派的传人。关于中仁禅师的卒年,《嘉泰普灯录》卷十五称"癸亥中,升堂告众而逝",《五灯会元》《续传灯录》同。癸亥为宋宁宗嘉泰三年(1203)。仲仁宣和初(1119)出家,若卒于癸亥,则年寿在百岁以上,然诸书未载,令人怀疑。《续灯正统》《五灯全书》载中仁卒年,"癸亥"作"己亥"。己亥为宋孝宗淳熙六年(1179)。中仁淳熙元年被诏入宫说法,六年去世,享年约八十岁,合乎情理。今取《续灯正统》之说。杨岐派自北宋后期以来,以小艳诗悟道、说法、颂古成了一时风气。如五祖法演以"丫鬟女子画娥眉"颂马大师公案,圆悟克勤从"只要檀郎认得声"悟入,又以"金鸭香销锦绣帏"呈偈示悟。中仁这首颂古,正是忠实地继承了克勤以艳诗说法的传统。

"狗子无佛性"出自唐代赵州从谂禅师的一则公案:"问:'狗子还有佛性也无?'师曰:'无。'"(见《古尊宿语录》卷十三)《涅槃经》说:"一切众生皆有佛性。"狗子也是众生之一,所以理当有佛性,赵州却回答说"无",这岂不是违背佛理?按此逻辑推论,既然狗子无佛性,也就相当于说一切众生都无佛性,这当然非常惊世骇俗了。不过,有学者认为,赵州所回答的"无",不是说狗子没有佛性,而是用"无"字来否定僧人的提问,即否定一切二元对立(如有与无之类)的念头。所以,此则公案的关键在"无"字。所以南宋慧开禅师编祖师公案为《无门关》，以"狗子无佛性"为第一条，以"无"字为宗门第一关。

那么中仁禅师的颂古是怎样来表现这一"无"字的呢？"二八佳人刺绣迟，紫荆花下啭黄鹂"，这两句是铺垫，青春美少女刺绣时似乎心不在焉，迟迟没有进展，因为她听到紫荆花下传来阵阵黄鹂婉转的歌声，感到时光的流逝。黄鹂的啼叫在诗词里向来暗示春天即将结束，如黄庭坚《清平乐》词："春无踪迹谁知？除非问取黄鹂。百啭无人能解，因风飞过蔷薇。"换句话说，紫荆花的开落，黄鹂鸟的鸣啭，唤醒了少女的伤春意识。由此而引出后面两句："可怜无限伤春意，尽在停针不语时。"作者没有写少女如何感伤，如何惆怅，只写了她停针不语的动作，而她那爽然若失的内心世界都包蕴在这个动作中。这首颂很容易让我们想起李白《玉阶怨》中那个"却下水晶帘，玲珑望秋月"的女子，用人物的行为表现难以言传的情感。表面看来，这首颂似乎与唐人的闺怨诗并无二致，那么其禅理在何处呢？如何与"狗子无佛性"公案发生联系呢？

在佛教看来，紫荆花为"色"，啭黄鹂为"声"，伤春之意由此色声而引发。但诗的重点不在这里，而在"停针不语"的那个无言凝视的时分。就停针不语的行为本身而言，它非常类似《维摩诘经·入不二法门品》

中的记载:"于是文殊师利问维摩诘:'我等各自说已,仁者当说,何等是菩萨入不二法门?'时维摩诘默然无言。文殊师利叹曰:'善哉!善哉!乃至无有文字语言,是真入不二法门。'"正是在这一点上,中仁的颂古与赵州公案发生了联系。少女无限伤春之意都化为停针不语的默然,正如赵州公案的无限禅意都化为摒弃一切语言文字的"无"。

中仁的同门师兄宗杲禅师把赵州"狗子无佛性"当作重要的话头来参究,并指出参究之法:"看时不用拟量,不用注解,不用要得分晓,不用向开口处承当,不用向举起处作道理。"(《大慧普觉禅师语录》卷二十一)这种方法在禅门被称为"看话禅",看一则话头,不思量,不开口,不涉理路,不落言诠。少女面对窗外的芳菲世界,无言凝视,停针不语,不正是类似"看话禅"的参究之法吗?最后要说明的是,中仁这种摒弃了理路言诠的诗意书写本身,与传说中世尊拈花、迦叶微笑的妙谛微言等无差别,也遵从了乃师圆悟克勤教导的"大凡颂古,只是绕路说禅"的原则。当然,即使我们不去管什么禅意,只将这首颂看作一首纯粹的伤春之作,它那含蓄蕴藉的情韵,也仍能令人击节称赏。

楼子闻曲

楼子和尚颂

释中仁

因过花街卖酒楼,忽闻语唱惹离愁。
利刀剪断红丝线,你若无心我也休。

——《禅宗颂古联珠通集》卷四十

这是佛堂中仁禅师的一首颂古诗。以小艳曲说禅,本是中仁的一贯风格,在前面颂赵州"狗子无佛性"公案那首"尽在停针不语时"中我们已经有所领教。而这里所颂楼子和尚的公案,正好是一个游方僧以艳曲而悟道的故事,因此中仁禅师作颂更是得心应手,游刃有余。

晚唐长庆道巘禅师《楞严说文》,引楼子和尚公案,说他经过酒楼,闻"你既无心我便休"之偈,超然玄解,出义学之表(见钱谦益《楞严经疏解蒙钞》卷十引)。《五灯会元》卷六记楼子和尚事稍详:"楼子和尚,不知何许人也,遗其名氏。一日偶经游街市间,于酒楼下整袜带次,闻楼上人唱曲云:'你既无心我也休。'忽然大悟,因号'楼子'焉。"既然《楞严说文》已引用楼子和尚的公案,可见他也是晚唐禅僧,不会晚于道巘。

楼子和尚应该是一个游方僧。可以想象,他为了解脱人生的烦恼,走村过市,沿街乞讨,求师访道,不知见过多少人世间的悲欢苦乐,不知听过多少高僧大德讲经说法,但始终没能找到通向解脱的正确道路,就这样一直云游下去。他的解脱纯粹缘自一个偶然的机遇。在经过一座酒楼时,他蹲下来系松散的袜带,恰好从酒楼上传来唱曲的歌声,他听到"你既无心我便休"这一句,于是突然大彻大悟,多年盘结在心中的烦恼顿时涣然消散。楼上唱的是女子失恋的哀怨情歌,而游方僧却把它当作关于佛法的伟大启示:"你"指构成世界的万法,"我"指自我心性,既然万法皆空,本无目的,那么我心又何必执着呢!正是这种"断章取义"的理解,楼子和尚才从男女恩怨的尔汝之辞中获得心无滞累的宗教解脱。

如果说楼子和尚是因对艳曲的"断章取义"而忽然大悟的话,那么,中仁禅师则试图还原游方僧听曲而顿悟的上下语境,由"你既无心我便休"一句敷衍而为一首七言绝句。头两句"因过花街卖酒楼,忽闻语唱惹离愁",是还原游方僧悟道的环境和事件,地点是在花街卖酒楼下,起因是听到唱离愁别恨的歌曲。公案原文里的曲词"你既无心我便休"一句,在此被确认理解为关于"离愁"的"语唱"。"离愁"缘何而生?无非是男女之间的爱恋执着。传说夫妻姻缘由牵红丝线而定,《开元天宝遗事》记郭元振牵红丝线而娶佳人,《续玄怪录》记月下老人以赤绳系男女之足而定终身。爱恋执着来自红丝线,红丝线引发离愁别恨,所以此姻缘,对于出家人来说,实为引发烦恼之尘缘。

后两句"利刀剪断红丝线,你若无心我也休",是还原游方僧的心路历程。前人说:"剪不断,理还乱,是离愁。"然而,游方僧听到却是"你既无心我便休"这样决绝的唱词,仿佛兜头泼来一瓢冷水,猛然把他从梦中惊醒,这唱词如同一把锋利的剪刀,瞬间彻底剪断他与烦恼尘缘之间的红丝线,"你若无心",我还有什么可眷恋,那么"我也休"吧,还有什么"离愁"可牵绊呢!公案里的"你既无心"换作颂古的"你若无心",应是中仁禅师有意为之,乃为设想的游方僧对楼头唱曲那句的应答。

"你"和"我"的关系,象征尘世和自我的关系,象征色、声、香、味、触、法六尘和眼、耳、鼻、舌、身、意六根的关系，这种关系叫做"尘缘"。割断六根对六尘的攀缘，是解脱烦恼的根本方法。楼子和尚在听曲的一瞬间，觉悟到尘世万法（你）的虚无，于是放下了自心（我）的爱恋执着，彻底剪断尘缘的"红丝线"。

中仁禅师这首颂补足了楼子公案的场景和意义，以形象的语言诠释了"万法无心便是休"的佛理。若去掉佛教背景，这首颂本身也可作为深婉优美的情诗来看待。

色见声求

金刚经颂

释智策

色见声求也不妨,百花影里绣鸳鸯。
自从识得金针后,一任风吹满袖香。

——《嘉泰普灯录》卷十三

智策禅师(1117—1192),天台人,俗姓陈氏。他十六岁出家,参谒诸方禅师,后来在云居山闻板声悟入,抵达云岩寺,获得典牛天游禅师印可,成为其法嗣,属临济宗黄龙派南岳下十五世。宋孝宗淳熙十五年(1188)诏住径山。智策号涂毒,用《大般涅槃经·如来性品》中的比喻:"譬如有人以杂毒药,用涂大鼓,于大众中击之发声,虽无心欲闻,闻之皆死。"佛教以"涂毒鼓"比喻尽除烦恼。

据《嘉泰普灯录》记载,这首诗颂是针对《金刚经》里世尊所说"若以色见我,以音声求我,是人行邪道,不能见如来"四句偈语而发的。在禅宗看来,《金刚经》属于"不离文字"之"教",而禅宗要"不立文字,教外别传",因此智策把世尊这几句话称作"教中道",并且指出其缺陷:"然虽恁么,正是捕得老鼠,打破油瓮。"意思是世尊反对色见声求,因小而失大,虽破解邪道,却连正道也丢失了。人生在世,怎能逃避色见声求呢?所以,这首诗颂的主旨就是翻案,翻转《金刚经》对"色见声求"的看法。

首句"色见声求也不妨",智策表明自己的看法不同于"教中道",而后面三句皆用形象描写来应答首句的观点。"百花影里绣鸳鸯",百花影是如此绚丽,绣鸳鸯是如此绮靡,真个花团锦簇。百鸟之中,鸳鸯的毛羽最为华丽,而且鸳鸯又成双成对,如关关雎鸠,最具"色""声"的暗示意义。这便是"色见声求"的表现。由"绣鸳鸯"自然引出第三句。"得金针"是一种获得方法途径的象征,宋代禅门流行两句习语:"鸳鸯绣出从君看,莫把金针度与人。"禅师引用时"出"或作"了","君"或作"教","莫"或作"不"。黄龙慧南、宝觉祖心、白云守端、保宁仁勇、五祖法演、阐提惟照、大慧宗杲等众多禅师都曾用此两句习语说法,其比喻的大意是:要教参禅的学者,只需示以禅机,不必传其禅法,使其观绣鸳鸯而自悟针法,接禅机而自悟禅法。智策这里的"自从识得金针后",又是对"莫把金针度与人"的翻案,是说自己已得禅机之奥妙,从此充满自信,不再有疑情,色声世界里皆能获得大自在。尾句"一任风吹满袖香",风吹衣是"触",花满袖是"香",这里进一步由"色""声"引出"香"与"触"。眼、耳、鼻、舌、身、意六根,对应色、声、香、味、触、法六尘,在智策看来,只要悟得禅无处不在的道理,就不仅色见声求全然无妨,便是香入触入也不必介意。

值得注意的是,在这首诗颂里,"色见声求"再也不是"行邪道",色声香触等尘境也无妨禅心。全诗有意采用优美的意象,如百花、刺绣、鸳鸯、金针、清风、衣袖、芳香等,试图以美之所在,喻禅道之所在。由此"色见声求"的绮丽描写,智策颠覆了"教中道"的观念,展现出"涂毒鼓"振顽启聋、扫除烦恼的威力。

美色髑髅

髑 髅 颂

黄庭坚

黄沙枯髑髅,本是桃李面。
如今不忍看,当时恨不见。
业风相鼓击,美目巧笑倩。
无脚又无眼,著便成一片。

——《豫章黄先生文集》卷十五

这首颂的作者归属有争议,《东坡续集》卷十也收此,题作《髑髅赞》,后四句文字略异:"业风相鼓转,巧色美倩盼。无师无眼禅,看便成一片。"宋祝穆《事文类聚》后集卷二十引此,作者署为"黄鲁直"。而周密《浩然斋雅谈》卷中则称"东坡尝作《女髑髅赞》云"。但无论作者是黄还是苏,都不影响我们对其文本内容的理解。

"黄沙枯髑髅"四句,刻画了生与死、美与丑最残酷的对比。髑髅，指白森森的死人头骨，是恐怖而丑陋的形象。桃李面，指白里透红的美人脸庞，是娇艳而美好的形象。然而，今日不忍多看一眼的髑髅，却是当年日思夜梦、恨不相见的美人。同样残酷的事实是，今日"人面桃花相映红"的美人，将来也会成为一具髑髅，在一片荒凉的黄沙堆中时隐时现。这样的对比，细思极其悲哀，比花谢叶落更加令人感到绝望。

在佛教看来，髑髅与美色的转化，乃在于人的善恶之业，是"业风相鼓击"的结果。善恶之业能使人转而轮回三界，所以譬喻为"风"。《大乘义章》卷七说："业力如风，善业，风故吹诸众生好处受乐；恶业，风故吹诸众生恶处受苦。"髑髅为恶业之果，而美人则为善业之果。然而，如果明白业风鼓吹而三界轮回的佛理，那么髑髅上的两个黑洞，看起来也就如"美目巧笑倩"一般迷人。这里借用《诗经》的句子"巧笑倩兮，美目盼兮"，以形容"桃李面"的美人。

禅门里有个著名的话头，叫做"髑髅里眼睛"（《景德传灯录》卷十一香严智闲禅师）。当然并不是说髑髅也能够"美目巧笑倩"，而是说假如真正能从髑髅的角度来体悟人生，那么髑髅和美色也就没有什么两样。在无眼的髑髅那里，白骨与红颜完全打成一片，等无差别。当然，"著便成一片"也包含了"如今"和"当时"

的时间,即过去、现在、未来皆成一片,等无差别。这也就是佛教常说的"空即是色,色即是空"。正如《红楼梦》第十二回里道人送给贾瑞的"风月宝鉴",正面照是美人王熙凤,背面照却是一个骷髅。可惜贾瑞没有领悟道人的劝诫,枉自丢了性命。

视身体色相如白骨的禅观,叫"枯骨观",亦称"白骨观"。《楞严经》卷五优波尼沙陀白佛言:"我亦观佛最初成道,观不净相,生大厌离,悟诸色性,以从不净,白骨微尘,归于虚空。空色二无,成无学道。"简言之,观的结果,美色化为髑髅,白骨变为微尘,最终皆归于虚妄空无。

这首《髑髅颂》,以"枯髑髅"与"桃李面"两种形象的对比,以"不忍看"和"恨不见"两种态度的对比,生动演绎了"即色即空"的佛理,冷峻中含有几分戏谑,调笑中含有几分悲悯,用文学的语言表达了佛教的情怀,可谓佛教文学的精品。

白骨美人

题 骨 观 画

饶 节

白骨纤纤巧画眉,髑髅楚楚被罗衣。
手持纨扇空相对,笑杀傍人自不知。

——《墨庄漫录》卷十

据张邦基《墨庄漫录》记载:"世画骨观作美人而头颅白骨者,饶德操题其上云……"可见这是一首题画诗。饶节(1065—1129),字德操,一字次守,江西临川人。本为儒生,中年后出家,法名如璧,号倚松道人,属云门宗。如璧为北宋后期著名诗僧,被吕本中列入《江西宗派图》,有《倚松诗集》传世。这首《题骨观画》不见于《倚松诗集》,《宋诗纪事》收此诗,作者署名如璧。

如果说,黄庭坚的《髑髅颂》是描写了今之髑髅和昔之红颜两个场景的对比的话,那么,饶节这首诗则将两个场景合并到一幅画中，巧画蛾眉、身着罗衣的不是红颜，直接就是骷髅。"风月宝鉴"的正面和背面合到一起，变成一个既恐怖又可笑的形象——穿着装束俨如美人的一具白骨。这是非常具有震撼力的画面，它将《髑髅颂》中"如今"髑髅和"当时"红颜的历时性对举，变为"白骨巧画眉""髑髅被罗衣"的共时性组合。纤纤，形容女子的手细长柔软，所谓纤纤素手；楚楚，形容女子娇柔纤弱的样子，所谓楚楚动人。然而，当"纤纤""楚楚"与"白骨""髑髅"相搭配时，便因其悖论性质的并列而具有了强烈的反讽效果——这姣美柔弱的红妆美人原来是白骨精啊！

更令人忍俊不禁的是，这具巧画眉、被罗衣的骷髅，根本不知道自己是怎样一副尊容，还手里摆弄着纨扇，搔首弄姿，全然不知旁观者已笑得死去活来。"手持纨扇"而伫立，是古代图画中常见的美人形象，而当这具骷髅也手持纨扇相对立的时候，一切便显得十分滑稽可笑。"空相对"的"空"，既指这白骨美人的白白等待，也指这形象本身就是空无虚幻的。

饶节所题的《骨观图》，应是佛教的劝世教化图的一种，十分生动地用红颜即是白骨的形象表现了"色即是空"的佛理。《所欲致患经》佛告诸比丘言："若复见女人，皮肉离体，但见白骨。前时端正，颜貌姝好，没不复现,其患证乎?"这就是佛教的白骨观。那巧画蛾眉、身被罗衣、手执纨扇的美人之态,早已不能掩盖其白骨森森、不净丑陋的本来面目,岂但是行尸走肉,简直就是行尸走骨!若明白红颜即是白骨的道理,那么自然会断诸淫欲,守身清净。所以归根结底,这幅图宣扬的无非是美色如刀、欲望致患的禁欲主义观念。

这本是幅严肃的佛教图画,饶节的题画诗却加进了几分调侃的口吻。那个被"笑杀"的"傍人"就是诗人自己,他如同一个站在生死海边的冷峻超越的哲人,笑看那些沉溺于爱恋贪欲的灵魂在六道轮回中随波逐流,难脱苦海。饶节中年削发出家,自有其求师问道的佛法机缘,而见此《骨观图》以悟色相皆空无,繁华皆虚妄,恐怕也是契机之一吧。

流水天涯

题王居士所藏王友画桃杏花二首

黄庭坚

其一

凌云一笑见桃花,三十年来始到家。
从此春风春雨后,乱随流水到天涯。

其二

凌云见桃万事无,我见杏花心亦如。
从此华山图籍上,更添潘阆倒骑驴。

——《山谷外集诗注》卷十四

元符三年(1100),宋徽宗即位,黄庭坚在戎州贬所遇赦,复宣德郎。这年十一月,过嘉州至乐山王朴居士家,观王朴所藏王友画桃杏花图,作诗二首。王友,字仲益,北宋初蜀汉州人,师从著名画家赵昌,工画花果。《图绘宝鉴》卷三称他"师赵昌画花果,不由笔墨,专尚设色,得其芳艳之意"。黄庭坚在观王友画时,联想到自己出仕后的种种遭际，借题画而表达了禅学的感悟。

　　第一首题画桃花，黄庭坚没有称赞画作的设色是如何"芳艳"，而直接从一则禅宗公案切入。"凌云一笑见桃花"二句中的"凌云"，应该是"灵云"之误。据《景德传灯录》卷十一记载，灵云志勤禅师见桃花而悟道，作偈一首："三十年来寻剑客，几逢落叶几抽枝。自从一见桃花后，直至如今更不疑。"关于灵云这首偈的禅意，我们在前面"桃花悟道"一篇中已作过详细赏析。黄庭坚曾仿保宁仁勇禅师作四首《渔家傲》颂古德遗事，其中一首就是颂灵云禅师："三十年来无孔窍，几回得眼还迷照。一见桃花参学了，呈法要，无弦琴上单于调。摘叶寻枝虚半老，拈花特地重年少。今后水云人欲晓，非玄妙，灵云合破桃花笑。"（《山谷琴趣外编》卷三）可见他对灵云的公案深有会心，因而在见到桃花图时，首先想到的是灵云禅师悟道的遗事，而非诗人惯于联想的天台刘郎或武陵渔人的典故。

　　值得注意的是，灵云的公案原本没有"一笑"之事，这首题画诗中的"一笑"来自黄庭坚的合理想象，即把灵云的故事与世尊拈花、迦叶微笑的禅宗经典场景联系起来，《渔家傲》词中"拈花特地重年少"可证明诗人对此公案的理解。更进一步而言，"一笑"是黄庭坚晚年最具标志性的生活态度和表情,诸如"心猿方睡起,一笑六窗静"(《又和二首》),"出门一笑大江横"(《王充道送水仙花五十枝欣然会心为之作咏》),"未到江南先一笑"(《雨中登岳阳楼望君山二首》之一),面对人间的是非得失、悲欢离合皆以"一笑"了之。灵云的公案原本也没有"到家"的说法,然而,黄庭坚本人却对"到家"深有会心。《五灯会元》卷十七载,晦堂祖心禅师以木犀花香启发黄庭坚理解《论语》"吾无隐乎尔"的含义,庭坚一时大悟,问:"和尚得恁么老婆心切?"晦堂笑曰:"只要公到家耳。"在禅门,"到家"意指回归心灵的家园,找到自我。这里的"三十年来始到家",与其说是颂灵云禅师公案,不如说是暗示自己多年来参禅访道的结果。

"从此春风春雨后,乱随流水到天涯",这两句是写桃花的命运,同时也表明自己任运随缘的态度。既然找到心灵的归宿,觉悟到"即心即佛"的禅理,那么,无论身世如何经风经雨,如何像桃花一般乱落飘零,哪怕是漂流到天涯海角,也无不可以"一笑"处之。在传统的诗歌里,桃花往往暗示着情爱欲念,或是轻薄放浪,杜甫便有"轻薄桃花逐水流"之句(《绝句漫兴九首》之五)。而在黄庭坚这首题画诗里,"乱随流水"的桃花改变了它轻薄的形象,成为一种笑傲人生风雨、从容应对命运的人格的象征。黄庭坚绍圣、元符年间贬谪黔州、戎州，崇宁年间又贬谪宜州，无不以这种态度泰然处之，正在于他随身早已携有自己心性的"家"。

第二首题画杏花，"凌云见桃万事无，我见杏花心亦如"，"凌云"还是应作"灵云"。这两句紧接第一首而来，禅宗传灯录里没有关于杏花的公案，所以黄庭坚有意将观杏花的感悟与灵云禅师观桃花悟道联系起来，心性也如同灵云一样悟到"万事无"的禅理，无意识，无目的，无思虑，即所谓无心任运。

然而，令人惊讶的是，这首诗的后两句并没有继续写诗人自己与灵云禅师之间如何相似，没有写"万事无"的悟后有何表现，而是描写了与禅宗公案毫不相干，并且与杏花也没有任何关系的故事——"从此华山图籍上，更添潘阆倒骑驴"。倒骑驴的主角潘阆，字逍遥，是北宋初的诗人，曾作《过华山》诗曰："高爱三峰插太虚，回头仰望倒骑驴。傍人大笑从他笑，终拟移家向此居。"（《逍遥集》）表面看来，倒骑驴不仅跟禅宗没有任何关系，反而有几分道教的色彩，如八仙之一张果老便有倒骑驴的传说。而且，黄庭坚这两句诗，几乎就是直接从魏野《赠潘阆》诗中转抄过来。魏野诗曰："昔贤放志多狂怪，若此而今总未如。从此华山图籍上，又添潘阆倒骑驴。"（《东观集》卷一）那么，黄庭坚为什么不惜整句借用魏野诗来表达与杏花完全无关的内容呢？原来，潘阆"倒骑驴"这行为本身的意义，乃在于自我任意而为、不顾他人讥笑的自信和逍遥。无独有偶，临济宗黄龙派的三圣继昌禅师上堂也曾用这个故事说法："金佛不度炉，坐叹劳生走道途。不向华山图上看，岂知潘阆倒骑驴。"（《五灯会元》卷十七）三圣继昌是黄龙祖心禅师的法嗣，为黄庭坚同门师兄弟。总之，黄庭坚借用潘阆倒骑驴的故事，完全可表达灵云禅师见桃花悟得"万事无"以及自己见杏花"心亦如"的人生态度。

丹青真妄

题郑防画夹五首（其一）

黄庭坚

惠崇烟雨归雁，坐我潇湘洞庭。
欲唤扁舟归去，故人言是丹青。

——《山谷诗集注》卷七

这是一首六言绝句体的题画诗。元祐年间，黄庭坚观友人郑防收藏的画夹，为之题诗五首，这是其中之一，所题为诗僧惠崇的《烟雨芦雁图》。惠崇，亦作慧崇，宋初九僧之一，工诗善画。郭若虚《图画见闻志》卷四曰："建阳僧慧崇，工画鹅雁鹭鸶，尤工小景，善为寒汀远渚潇洒虚旷之象，人所难到也。"

黄庭坚这首诗，最突出的构思是以画为真。"惠崇烟雨归雁"二句，是从观画者（我）的角度极力赞叹画面是如此逼真，以至于使自己仿佛置身于潇湘洞庭岸边，见到烟雨苍茫中凫雁归宿于芦苇丛里的场景。"坐我潇湘洞庭"之"坐我"二字，意为"使我坐在"，正如任渊注所说，这是化用杜甫"悄然坐我天姥下，耳边已似闻清猿"(《奉先刘少府新画山水障歌》)以及王安石"旱云六月涨林莽，移我翛然堕洲渚"(《纯甫出僧惠崇画要予作诗》)题画的诗意。这就是所谓"换骨法"，化用前人诗句"不易其意而造其语"。

诗更精彩的是后两句，观画者不仅仿佛置身潇湘洞庭，而且竟至于生出归隐江湖的念头。"欲唤扁舟归去"，一直是黄庭坚诗中的主旋律，从"万里归船弄长笛，此心吾与白鸥盟"(《登快阁》)，到"马龁枯萁喧午枕，梦成风雨浪翻江"(《六月十七日昼寝》)，再到"青箬笠前无限事，绿蓑衣底一时休"(《浣溪沙》)，皆是"扁舟归去"的梦想。就题画而言，这句进一步赞美画境就是真境，简直可以乘一叶扁舟悠游其间。然而，正当诗人如痴似醉进入艺术幻境之时，猛然被朋友唤醒，"故人言是丹青"，眼前面对的不过是一幅画而已。

吴子良《荆溪林下偶谈》卷一将此诗与唐王季友《观于舍人壁画山水诗》比较，王诗云："野人宿在人家少，朝见此山谓山晓。半壁仍栖岭上云，开帘放出湖中鸟。独坐长松是阿谁？再三招手起来迟。于公大笑向予说：小弟丹青能尔为。"吴子良讥其"语意浅陋，类儿童幼学者"，而称黄庭坚此诗"大略与季友相类，然语简趣远，工于季友百倍矣。"惠洪《天厨禁脔》卷中也称赞此诗超越了咏物"但得其情状"的水平，已达到"能写其不传之妙"的境界。

这首题画诗的意义并不仅在于艺术上的成功，而且用形象的语言表达了深邃的禅理，南宋眉州象耳山袁觉禅师就称赏这首诗"此禅髓也"（《五灯会元》卷十九）。那么，这首诗到底为何符合禅学的精髓呢？先看诗的结构，第一句写真画，第二三句写幻觉，第四句回到真画，即从真到幻，从幻返真。然而，真画所绘之景，本非实景，画本身也是幻景，如黄庭坚题画诗所说："小鸭看从笔下生，幻法生机全得妙。"（《小鸭》）反过来说，幻觉中出现的江湖归舟，则是诗人曾有过的真实体验。问题是以画为真，到底是以真为幻还是以幻为真呢？所以诗人观画而进入潇湘洞庭的想象，以及从扁舟归去的念想中重新被唤回，就涉及真景（真）与幻景（妄）的两次转换，而这种转换正暗示出禅学的精髓：真即是妄，妄即是真。此外，这首诗还透露出另一禅学的理念：切莫执着于真妄区别。"故人言是丹青"，如当头棒喝，将执着于画面逼真的臆想唤醒。正如黄庭坚法门师弟黄龙善清禅师所说："将心觅佛，不知佛本是心；以妄求真，不知真即是妄。直得真妄双泯，心佛两忘。"（《续古尊宿语要》卷一《草堂清和尚语》）这也许就是此诗的"禅髓"吧。

/ 丹青真妄 /

观鱼畏影

题伯时画观鱼僧

黄庭坚

横波一网腥城市,日暮江空烟水寒。
当时万事心已死,犹恐鱼作故时看。

——《山谷诗集注》卷九

黄䇓《山谷年谱》卷二十三,元祐三年(1088)《题伯时画观鱼僧》:"按旧本题云:'伯时作清江游鱼,有老僧映树身观之,笔法甚妙。予为名曰《玄沙畏影图》,并题数语云。'"所载黄庭坚题语对理解此诗颇有帮助。

李公麟(1049—1106),字伯时,号龙眠居士,是北宋著名画家。元祐三年春,苏轼知贡举,黄庭坚和李公麟同在考试局,暇时作画题诗。这幅画描绘的是一个老和尚在清江边观看水中游鱼,他有意靠着树身,让树的倒影映在水中,从而掩藏自己的身影。这幅观鱼僧图,使黄庭坚联想到一个著名禅僧的故事,因而将其坐实为

《玄沙畏影图》。

玄沙,是晚唐五代高僧师备禅师,福州闽县人,俗姓谢。青少年时好垂钓,泛小艇于南台江上,与打渔人亲近。年三十忽慕出尘,于是弃钓舟,投芙蓉山灵训禅师落发。后为雪峰义存禅师的法嗣,赐号宗一大师。因住福州玄沙院,世称玄沙。玄沙少时垂钓打渔,自然免不了杀生。而一旦削发出家,五戒之首便是戒杀生。黄庭坚根据玄沙一生的经历推测,想象李公麟画中倚树身观鱼的老僧,应该就是玄沙这样曾经捕鱼而后来出家的和尚。

诗的首句"横波一网腥城市",描写渔人撒网捕鱼的结果,"腥"字既写鱼腥味,同时也暗示杀鱼的血腥。而这"腥"遍布城市,足见捕鱼规模之大,使心存慈悲的佛教徒深感厌恶。"日暮江空烟水寒",是写渔舟唱晚之后,寒烟笼罩茫茫江水的场景。"江空"二字暗含江中鱼群为之一网而空,"寒"字既形容暮江烟水的寒意,又与"腥"字相呼应而有一种令人不寒而栗的感觉。这两句当然不是写画中之景,因为李公麟的画中有"清江游鱼",而是想象玄沙当年未出家时与他的渔人伙伴犯下的杀生的罪孽。

后两句回到画面的观鱼僧。"当时万事心已死,犹恐鱼作故时看",所谓"当时",是指画中的时间,即老僧观鱼的当下。此时的老僧早已参禅得道,持戒苦行,如雪峰就因玄沙的苦行称其为"备头陀"(《景德传灯录》卷十八)。黄庭坚推测,虽然老僧已脱尘缘,心同死灰,但可能在面对自己熟悉的捕鱼场景之时,想到往日的罪孽,仍然难免心存惕惧。老僧之所以"映树身观之",多半是担心游鱼认出自己的身影,把自己当作"故时"的屠夫,因此将己身与树影融为一体。这就是黄庭坚理解的"玄沙畏影"。这时倚于树身的老僧,不仅心同死灰,而且形如槁木,面对游鱼充满慈悲心肠,清江游鱼再也不用害怕"横波一网"了。顺便说,黄庭坚早在题此画之前的元丰七年(1084),已写下《发愿文》,戒饮酒食肉,所以他能以佛教徒的眼光来诠释李公麟画中传达的意义。

崎岖可笑

次韵定慧钦长老见寄八首之一

苏 轼

左角看破楚，南柯闻长滕。
钩帘归乳燕，穴纸出痴蝇。
为鼠常留饭，怜蛾不点灯。
崎岖真可笑，我是小乘僧。

——《苏轼诗集》卷三十九

这首诗是《次韵定慧钦长老见寄八首》的第一首，组诗前有小序曰："苏州定慧长老守钦，使其徒卓契顺来惠州，问予安否，且寄《拟寒山十颂》。语有璨、忍之通，而诗无岛、可之寒。吾甚嘉之，为和八首。"守钦原作是《拟寒山十颂》，因此苏轼的次韵也可看作是"拟寒山诗"。我们知道，"拟寒山诗"始于五代法灯禅师，后来成为僧家的重要写作传统，文人亦有模仿者，如王安石曾作《拟寒山拾得二十首》。

苏轼这首次韵诗，有意识仿效寒山诗嘲世悯俗的内容。首联"左角看破楚，南柯闻长滕"，是说世上的荣利争夺皆极为渺小，毫无价值。赵次公注："《庄子》：'有国于蜗之左角，曰蛮氏；右角曰触氏，争地而战。'高祖破项羽。又淳于棼梦入槐安国，为南柯太守，既觉，乃一大槐树南向之枝也。《左传》：'滕侯、薛侯来鲁，而争长，卒长滕侯也。'"也就是说，这两句由四个典故组合而成：《庄子》里的"蛮触之争"，《史记》里的"高祖破项羽"，《南柯太守传》里的"槐安国之梦"，《左传》里的"滕薛争长"。方回评此两句曰："'左角'以言争，故以'破楚'系之；'南柯'以言荣，故以'长滕'系之。"（《瀛奎律髓》卷四十七，下引方回语同此）既然"破楚"的胜利如同蜗牛左角上的征战所获，"长滕"的荣誉如同槐树南柯上的梦中功名，世上种种伟业不过如此而已，那么，其他等而下之的争夺，更是极其无聊。

接下来的颔联、颈联四句，描写了怜悯浊世众生的种种善行：帘钩挂起门帘，让乳燕自由出入；纸窗上开个洞，让痴蝇得以钻出去；怕老鼠挨饿，故意留点剩饭；怕飞蛾扑火，故意不点灯盏。"钩帘"句化用杜甫《题桃树》诗"帘户每宜通乳燕"。"穴纸"句化用《景德传灯录》卷九古灵神赞禅师的公案："蜂子投窗纸，求出。师睹之曰：'世界如许广阔，不肯出，钻他故纸，驴年出得！'""为鼠"句虽无典故，然而鼠之偷食剩饭乃日常所见。"怜蛾"句是化用熟语"飞蛾扑火"，《梁书·到溉传》："如飞蛾之赴火，岂焚身之可吝。"总之，乳燕无知，痴蝇迂执，老鼠贪婪，飞蛾愚蠢，皆为众生贪嗔痴的写照。而钩帘、穴纸、常留饭、不点灯诸种行为，则是对此愚昧众生困境的慈悲解救。方回指出："中四句燕、蝇、鼠、蛾，皆悯世之迷，为作方便之意。"苏轼从小受其母程夫人影响，厌恶杀生，怜惜动物，不残鸟雀，纵鱼放生，这四句所写未必皆实，但其戒杀的观念却有据可循，如其文《记先夫人不残鸟雀》，其诗《西湖秋涸，东池鱼窘甚。因会客，呼网师迁之西池……戏作放鱼一首》等，皆可证。

然而，苏轼在此诗里却认为，以上这些充满怜悯之情的慈善行为，只是小乘佛教的做法，并未领略到大乘佛教的真谛。"崎岖真可笑，我是小乘僧"，集注引李白书"崎岖历落可笑人"，并不准确。因为李白书作"欹崎历落可笑人"，乃用《世说新语·容止》中语："周伯仁道：'桓茂伦，欹崎历落可笑人。'"意指卓异不凡的可喜之人。"欹崎"不同于"崎岖"。此处的"崎岖"，形容曲折委婉之情，如古乐府《西乌夜飞》："感郎崎岖情，不复自顾虑。"（《乐府诗集》卷四十九）此指"未能忘情"乃至矫情，所以说"真可笑"。正如方回所说："然区区如此，亦小乘所为，非上乘也。"显然，苏轼在次韵酬答定慧长老守钦时，自谦对佛教的理解，还处于小乘僧的水平。不过，这正是诗人谦逊的美德，并不意味着他真是"小乘僧"。诗僧惠洪曾指出："唐沙门道宣通兼三藏，而精于持律。持律，小乘之学也，而宣不许人呼以为大乘师。"虽然道宣甘以小乘自居，然"竟能为百世师"(《石门文字禅》卷二十六《题隆道人僧宝传》)。也许，苏轼的自我定位也当如是观。

身如馆舍

临 终 偈

释智晖

我有一间舍，父母为修盖。
住来八十年，近来觉损坏。
早拟移住处，事涉有憎爱。
待他摧毁时，彼此无相碍。

——《景德传灯录》卷二十

关于人的身体，道家视之为"逆旅"，是暂时寄寓精神的旅馆；佛教视之为"火宅"，是贪嗔痴之火包围的宅院。京兆重云智晖禅师这首偈，也将自己的身体比喻为住房，并在此比喻基础上引申演绎，从而在生命最后一刻表达了自己对待死亡的乐观态度。

智晖禅师（873—956）是五代禅僧，本为咸秦人，俗姓高氏。出家后，谒高安白水本仁禅师，领悟微旨，是为曹洞宗青原下六世。智晖后于终南山圭峰旧居建佛寺,有祥云屯于峰顶,因目为重云山。后唐明宗赐额长兴寺。后周显德三年(956)七月,垂诫门人,并示此偈,跌坐而化,寿八十四,僧腊六十四。

智晖这首临终偈,语言简洁朴素,口气幽默轻松。儒家《孝经》说:"身体发肤,受之父母。"而这里却把身体比喻为父母共同修建的一间房子,"我有一间舍,父母为修盖",建造房子的材料,即自己的身体,都是父母赋予的。这个比喻很可能受《大宝积经》的启发:"此身又如馆舍所起,皆由草木墙堑众缘所共合成。"(卷五十二)智晖表示,自己住在这房子中,"住来八十年,近来觉损坏",房舍年久失修,已经损坏,这是比喻近来已感觉到身体出了问题,死亡即将降临。"早拟移住处,事涉有憎爱",自己早该搬家,但牵涉到对这间房舍的感情。这是比喻早就明白身体四大皆空的道理,却一直心存憎爱之心,贪生怕死。不过这种状况马上就会结束,"待他摧毁时,彼此无相碍",身体的房舍一旦坍塌,生与死、去与来之间便再也没有什么障碍了。

关于身体与建筑之间的比喻关系,明曾凤仪撰《楞严经宗通》卷一解释"此大讲堂,户牖开豁"一节曾有较详细的说明:"世尊欲破心不在内,必先以讲堂林园户牖为喻,讲堂喻身内,林园喻外物,户牖喻六根。……

若执定此心，惑为色身之内，以脏腑为堂奥，以六门为户牖，揽外境为林园，非此无安身处。一旦堂圮牖坏，境谢见亡，而所谓明了者将安在乎？世尊虽就彼常情，辨晰内外次第，亦灼然示以色身如幻，非所宜执。如讲堂户牖，与我了无干涉云尔。智晖禅师临别偈曰：'我有一间舍……彼此无妨碍。'乃跏趺而逝。此憎爱俱忘，去来无碍，将并其能见者而忘之矣，又何内外之可言哉？"的确如此，智晖在临终前笑对死亡，写下这首偈，用俏皮的口吻表达了对"色身如幻"的通脱理解。

无身无疾

答径山琳长老

苏 轼

与君皆丙子，各已三万日。
一日一千偈，电往那容诘。
大患缘有身，无身则无疾。
平生笑罗什，神咒真浪出。

——《苏轼诗集》卷四十五

这是苏轼的绝笔诗。径山琳长老，法名维琳，湖州武康人，俗姓沈氏，为沈约之后，好学能诗。神宗熙宁年间，苏轼通判杭州，请维琳住持径山，其后退居铜山，自号无畏大士。其事见《补续高僧传》卷十八。徽宗建中靖国元年（1101），苏轼自海南北归，行至常州，病重。维琳自杭州径山前来探望，作《与东坡问疾》偈："扁舟驾兰陵，自援旧风日。君家有天人，雄雄维摩诘。我口吞文殊，千里来问疾。若以默相酬，露柱皆笑出。"七月二十六日，苏轼作此诗次韵答之。

"与君皆丙子"，苏轼与维琳同龄，都生于仁宗景祐三年丙子。"各已三万日"，此是大略言之，非精确统计。王十朋注引飞卿曰："《年谱》：先生生于景祐三年丙子，卒于常州，乃建中靖国元年辛巳，实二万三千四百六十日。今云三万日，举成数耳。"

"一日一千偈"二句，这是用后秦高僧鸠摩罗什的典故，以赞誉维琳诗偈的机锋。《高僧传》卷二《鸠摩罗什传》："什年七岁，亦俱出家。从师受经，日诵千偈，偈有三十二字，凡三万二千言。诵毗昙既过，师授其义，即自通达，无幽不畅。"维琳当然未必日诵千偈，苏轼这里只是借罗什事喻指其平生诵偈无数，且作偈无数，皆机锋迅疾，如电光一闪，不容诘问。苏轼《金山妙高台》诗曰："机锋不可触，千偈如翻水。"又《次韵王定国南迁回见寄》诗曰："乐全老子今禅伯，掣电机锋不容拟。"又《和蒋发运》诗曰："夜语翻千偈，书来又一言。"屡屡称赏禅者诵说千偈，机锋如掣电，不容拟议思考。维琳《与东坡问疾》偈有"我口吞文殊"之句，自诩机锋不容小觑，所以苏轼答以"电往那容诘"之语。

"大患缘有身"二句，是回答维琳"问疾"之事。《老子》十三章："吾所以有大患者，为吾有身。及吾无身，吾有何患？"苏轼借用《老子》的说法，认为疾病的产生，皆是由于自己执着于物质组成的身体。如果意识到"无身"，如《维摩诘经·方便品》中维摩诘居士现身有疾而说法那样，意识到"是身如浮云，须臾变灭；是身如电，念念不住"，意识到"是身不实，四大为家；是身为空，离我我所"，总之，意识到身体的虚妄性，那么，使人忧患的疾病将不复存在。

"平生笑罗什"二句，意谓自己将平静地迎接死亡，而不相信那些神妙咒语的治病效果，平生一直觉得鸠摩罗什的做法非常可笑，所以维琳长老也用不着再说偈颂。《高僧传·鸠摩罗什传》："什未终日，少觉四大不愈，乃口出三番神咒，令外国弟子诵之以自救。未及致力，转觉危殆，于是力疾，与众僧告别。"鸠摩罗什试图用神咒挽救生命，可谓枉费心力。苏轼在病重时，借用罗什将终时事，酬答维琳的问疾，表达了自己坦然面对死亡的态度，这真达到了悟透人生、任运随缘、临终不乱的境界。周煇《清波杂志》卷三记载："径山老惟琳来问候，坡曰：'万里岭海不死，而归宿田里，有不起之忧，非命也邪？然死生亦细故尔。'后二日，将属纩，闻根先离。琳叩耳大声曰：'端明勿忘西方。'曰：'西方不无，但个里着力不得。'语毕而终。"也就是说，苏轼写下这首绝笔诗后不久，耳朵逐渐听不见，气若游丝。后两日，这个千年不遇的旷世天才便离开了人世。

云忙僧闲

山 居

释志芝

千峰顶上一间屋,老僧半间云半间。
昨夜云随风雨去,回头方羡老僧闲。

——《古今禅藻集》卷十二

唐代禅僧的修行,往往离律寺而别居,即所谓"孤峰顶上,盘结草庵"。比如希迁禅师就是在衡山南寺东边的石台上结草庵,人称"石头和尚"。这一结庵别居的传统,直到后世有独立的禅院出现,仍然被保留下来,所以在宋代及以后各朝的禅林里,仍可看到不少"把茅盖头"的"庵主"。

禅僧结茅庵在孤峰,往往与白云为伴,这是山居最常见的环境。甚至有和尚称自己的家风为"一坞白云,三间茅屋"(《景德传灯录》卷二十一《杭州广严咸泽禅师》)。因此"茅屋"和"白云"是表现山居生活最具典型性的意象。我们知道，自中唐以后，"白云"就由漂泊无定的情感寄托转变为无拘无束、自由自在的禅意象征，僧人的四处游方参学，也被称为"云游"。特别是"闲"这一特质，已成为"白云"的固定标签，也成为僧人和白云之间同构的形态——"云影悟身闲"（皎然《奉酬颜使君真卿见过》）。

然而，宋代志芝禅师这首诗，完全颠覆了"云闲"的传统观念。志芝是临济宗黄龙慧南禅师的法嗣，生卒年不详，大约在北宋中后期。这首诗由三个彼此互相关联的意象构成：茅屋、老僧、白云。四句诗写出屋、僧、云三者的关系。白云环绕草屋，老僧住在屋中。诗人戏谑地声称，老僧和云是屋中的共同居住者。但是，诗中拟人化的云不再悠闲，它会随风而奔波，被雨所召唤，等它完成降雨的任务而回归山头时，才发现原来真正悠闲的是茅屋中的老僧。在这里，"云"成了为外物所支配而忙碌的角色，"闲云"变成了"忙云"。在佛教看来，为物所转是迷失本性的表现。正如《楞严经》卷二所说："一切众生从无始来，迷己为物，失于本心，为物所转。故于是中，观大观小，若能转物，则同如来。"与老僧同住一屋的"云"显然迷失了自性，从而为外界风雨所支配。所以"回头方羡老僧闲"，实际上是从"云"的角度写出僧人不为物转的淡定与自如。

从闲适与忙碌的角度特意将云与僧进行比较，这是志芝禅师有感于世人和僧人普遍以"云"象征闲适的思维习惯，有意识对此进行翻案。人言白云无心闲适，但实际上并非如此，其飘逸无定乃因为迷己为物，缺乏自性。而老僧之所以比云更闲，乃在于坚守在茅屋中，不为风雨所动。也就是说，老僧能获得真正的"闲"，是因为他始终没有离开千峰顶上的那间茅屋，在风雨之夜，他与茅屋一样超然物外，不为外境所动。

　　当"云"与僧人无心任运的精神相合时，它可以具有悠闲自在的禅意。然而，当僧人立足于自身圆满具足的心性之时，"云"的性质就开始改变，成了僧人闲适心性的陪衬，甚至反衬。在这首诗中，动态的云在静态的茅屋与老僧面前丧失了它的自由和悠闲，这意味着，真正的心灵自由不在于随波逐流的无心任运，而在于不受外境所惑，坚守本心自性。只有做到不为外物所转，才能像如来一样自在"转物"，观大观小，观风观雨，成为超越世界的真正自由人。

庵含法界

山 居 诗

释清珙

团团一个尖头屋,外面谁知里面宽。
世界大千都著了,尚余闲地放蒲团。

——《福源石屋珙禅师语录》卷下

草庵茅屋,既是僧人遮风避雨的居室,也是僧人参禅修道的场所,同时也是僧人不为外境所动的内在自足心性的象征。尽管早在中唐时期,石头和尚在《草庵歌》中就称自己的"庵虽小,含法界",但是晚唐五代禅僧似乎并未关注这一点。直到南宋,大慧宗杲禅师才讨论到这个话题,他为蔡知县的"小庵"作偈:"此庵非小亦非大,堪笑石头空捏怪。不知法界即此庵,强谓此庵含法界。"(《大慧普觉禅师语录》卷十一)改造了石头和尚的说法。"小庵含法界"的观念到元明时代的禅林山居诗里才真正普遍流行。元代石屋清珙禅师

（1272—1352）这首《山居诗》，可看作宣扬石头和尚观念的代表作。

此诗的语言拙朴浅易，看上去无非就是描写自己所居草庵的空间大小。"尖头屋"，是禅僧用来代指草庵的常用词。然而，如果我们细细品味，就会发现诗中实际上还暗含另一重隐喻。这个外窄里宽的屋子，既可容纳"世界大千"，同时也可摆放小小蒲团。"世界大千"就是所谓"法界"，指整个宇宙现象界，宇宙万有一切事物；而"蒲团"则是僧人坐禅之处，也可看作安置一念净心之处。这就意味着，茅屋既包容了宇宙，也包容了自我净心。诗的首句也可证实我们的演绎，禅师描写的茅屋形象——"团团一个尖头屋"，一方面是对草庵的准确刻画，"团团"意为圆，古称"草圆屋为庵"；另一方面又俨然隐喻禅僧的赤心——"肉团心"或"赤肉团"。临济义玄禅师说："赤肉团上有一无位真人，常从汝等面门出入，未证据者看看。"(《镇州临济慧照禅师语录》)也就是说，"团团"句其实是双关语，暗示了草庵与禅心的异质同构。

无论如何，草庵"外面"的物理空间之窄小与其"里面"所含心理空间之宽大，形成一个极为鲜明的对照。六祖慧能说："心量广大，犹如虚空，无有边畔。能含万物色像，日月星宿，山河大地。"(《六祖大师法宝坛经》）所以，清珙禅师所谓"世界大千都著了"，与其说是写"尖头屋"的容纳体积，不如说是写"赤肉团"的周遍含容；与其说是描写"吾屋即是宇宙"，不如说是表现"宇宙即是吾心"。到这里，老僧再也用不着与来去无心的白云比谁更"闲"，只是这封闭自足的草庵便足以使其心灵与广大世界自由交融，至于其中放置蒲团的"闲地"更显示出此"里面"自足空间的悠闲自在。所谓草庵，由此而成为真正的"禅意的屋"。

林间黑甜

山中书怀

释宝印

一味林间饱黑甜,尽教气焰日炎炎。
不将无病自求病,多是解粘添得粘。
粗有芋煨如懒瓒,更无锥卓似香严。
枕边留得青山在,雨后层层翠滴檐。

——《丛林盛事》卷下

宝印禅师(1109—1190),蜀嘉州人,俗姓李氏。华藏安民禅师法嗣,属临济宗杨岐派南岳下十六世。南宋孝宗淳熙年间,奉诏住持径山,号别峰。《丛林盛事》《云卧纪谈》有几处纪其事,《嘉泰普灯录》卷十九载其生平和语录,陆游《别峰禅师塔铭》更详载其生平。

宝印这首《山中书怀》是七言律诗,写禅僧山居生活,多用丛林故事,对仗工稳而灵活,饶有禅意。首联"一味林间饱黑甜,尽教气焰日炎炎",意思是说:我只管在清凉的山林间睡饱大觉,任凭他赤日炎炎,气焰火热。黑甜,俗语,指酣睡。《冷斋夜话》卷一《诗用方言》:"南人谓象牙为白暗,犀为黑暗……又谓睡美为黑甜,饮酒为软饱。故东坡诗曰:'三杯软饱后,一枕黑甜余。'"

颔联表明自己的生活观念,"不将无病自求病,多是解粘添得粘"。参禅之人,往往要询问祖师,如何能去除烦恼,如何能解脱束缚。如《景德传灯录》卷三第三十祖僧璨大师:"有沙弥道信,年始十四,来礼师曰:'愿和尚慈悲,乞与解脱法门。'师曰:'谁缚汝?'曰:'无人缚。'师曰:'何更求解脱乎?'"提问的僧人就是无病求病,解粘添粘,自寻烦恼。上句的"无病求病"四字出自《景德传灯录》卷七伊阙伏牛山自在禅师:"一日谓众曰:'即心即佛,是无病求病句。'"下句"解粘",意谓解脱执着、粘着,出自鄂州黄龙山诲机禅师公案:"师曰:'某甲曾问岩头,头曰:你还解救糍么?救糍也只是解粘。和尚提起皂角,亦是解粘,所以道无别。'"(《五灯会元》卷八)"解粘"常与"去缚"连用,为宗门习用语。《碧岩录》卷一第一则《圣谛第一义》:"达磨本来兹土,与人解粘去缚,抽钉拔楔,铲除荆棘。"因此,宝印表示自己不会刻意去消除禅病,刻意去追求解脱。

颈联写山居的生活极为简朴，乃至贫困。"粗有芋煨如懒瓒，更无锥卓似香严"，两句又用禅典。懒瓒，即唐高僧明瓒。《宋高僧传》卷十九《唐南岳山明瓒传》载相国邺公李泌前往南岳拜见明瓒："瓒正发牛粪火，出芋，啖之，良久乃曰：'可以席地。'取所啖芋之半以授焉，李跪捧尽食而谢。"《林间录》卷下亦记懒瓒煨芋事，与《宋高僧传》不同。香严，即香严智闲禅师。《景德传灯录》卷十一袁州仰山慧寂禅师："师问香严：'师弟近日见处如何？'严曰：'某甲卒说不得。'乃有偈曰：'去年贫，未是贫。今年贫，始是贫。去年无卓锥之地，今年锥也无。'"当然，宝印的山居生活未必真如懒瓒煨芋而食、香严贫无立锥之地，此处只是借禅典而极力形容而已。

尾联与首联相呼应，"枕边"对应"黑甜"，"青山"照应"林间"，而"雨后层层翠滴檐"的清凉，则是反衬"气焰日炎炎"的热恼。进一步而言，诗的首尾表明，禅僧睡时为"黑甜"，醒后有青山；睡时日炎炎，醒后雨滴檐。首尾两联的白描与中间两联的用典，结构对称，从不同角度抒发了禅僧山居的情怀。

痛处着鞭

和丘斯行牧牛颂

刘子翚

软草丰苗任满前,苍然觳觫卧寒烟。
直饶牧得浑纯熟,痛处还应着一鞭。

——《屏山集》卷十八

刘子翚(1101—1147),字彦冲,号屏山,建州崇安人。其父刘韐死于靖康之难,守庐墓三年,服除,为兴化军通判。子翚体弱多病,学禅于大慧宗杲禅师,《大慧普觉禅师语录》卷二十七有《答刘通判》二首,可以为证。子翚这首《牧牛颂》,可视为借禅宗话语来言说儒家心性的尝试。

"牧牛"之喻最早见于《中阿含经》卷二十五:"牧牛儿放牛野泽,牛入他田,牧牛儿即执杖往遮。"以喻防止欲念。在禅宗的话语体系里,"牧牛"是持戒养心的重要象征之一。洪州宗马祖的弟子石巩慧藏、百丈怀海、南泉普愿以及百丈的弟子沩山灵祐、福州大安都有"牧牛"公案传世。最著名的是《景德传灯录》卷九记载的大安公案:"师(大安)即造于百丈,礼而问曰:'学人欲求识佛,何者即是?'百丈曰:'大似骑牛觅牛。'师曰:'识后如何?'百丈曰:'如人骑牛至家。'师曰:'未审始终如何保任?'百丈曰:'如牧牛人,执杖视之,不令犯人苗稼。'师自兹领旨,更不驰求。"在这个公案里,"牛"比喻人的心性,"牧"比喻禅的修持。到了北宋,此公案被禅师们绘制成图,配上诗颂,如清居皓升、太白山普明、佛国惟白、佛印了元等均有《牧牛图颂》若干章行世(见《万松老人评唱天童觉和尚拈古请益录》卷下)。从此,"牧牛颂"成为禅门的传统文类,作品众多,影响深远。

刘子翚这首唱和友人丘斯行的《牧牛颂》,就是南宋初禅门流行的"牧牛"书写在参禅士大夫中的回响。

"软草丰苗任满前,苍然觳觫卧寒烟",描写牛生活的场景,柔软的绿草,丰茂的禾苗,对于牛来说,这食物何等鲜美,充满难以抗拒的诱惑。然而,这头牛却在轻寒的烟霭中卧地休息,对软草丰苗无动于衷。觳觫,恐惧战栗貌,语本《孟子·梁惠王》上:"王坐于堂上,有牵牛而过堂下者。王见之曰:'牛何之?'对曰:'将以衅钟。'王曰:'舍之!吾不忍其觳觫,若无罪而就死地。'"后引申以"觳觫"为牛。如黄庭坚《题竹石牧牛》:"阿童三尺棰,御此老觳觫。"这里的牛已经被牧童调伏得规规矩矩,不再犯人苗稼,这象征着参禅者严持戒律,守护心性,不再受色界的诱惑。

"直饶牧得浑纯熟,痛处还应着一鞭",即使这头牛已经非常驯服听话,也还得着鞭抽打,让它牢记,若是出现犯稼行为,就会遭到痛挞。直饶,唐宋俗语,意为纵使,即使。纯熟,十分熟练。苏轼《次韵定慧钦长老见寄八首》之四:"真源未纯熟,习气余陋劣。"查慎行补注:"纯熟,《维摩经》:'久于佛道,心已纯熟。'"牧牛双关心性调养,故用"纯熟"形容。大安禅师曾经描述自己在沩山三十年的参禅经验:"只看一头水牯牛,若落路入草,便牵出;若犯人苗稼,即鞭挞。调伏既久,可怜生受人言语,如今变作个露地白牛,常在面前,终日露迥迥地,趁亦不去也。"大安不断鞭挞调伏心性之"牛",使之"浑纯熟",达到浑然纯白的境界,成为一头"露地白牛",再也不会在欲念的驱使下迷路犯戒。而刘子翚的痛处着鞭,比大安更翻进一层:即使修行成"露地白牛",仍得痛加鞭挞,毫不懈怠。

这首《牧牛颂》不仅将禅宗公案化为形象的场景描写,使之充满诗意,而且对牧牛所象征的心性修持也有独到见解。大慧宗杲《刘通判画像赞》曰:"财色功名,一刀两段。立地成佛,须是这汉。"对他评价很高。据《宋史·刘子翚传》:"子翚少喜佛氏说,归而读《易》,即涣然有得。"王士禛《池北偶谈》卷十七《屏山诗禅》:"刘屏山子翚,朱文公(朱熹)师也。其《屏山集》诗往往多禅语。……先生常语文公曰:'吾少官莆田,以疾病时接佛老之徒,闻其所谓清净寂灭者,而心悦之。比归读儒书,而后知吾道之大,其体用之全乃如此。'故文公讲学,初亦由禅入。"因此,这首颂也未必不可以当作儒家心性修养的诗意书写来看待。

松风江月

题风月亭

释善果

风来松顶清难立,月到波心淡欲沉。
会得松风非物外,始知江月即吾心。

——《丛林盛事》卷上

焦山在镇江东北,屹立江中,与金山对峙。山上有焦山寺,风月亭为其名胜。据释道融《丛林盛事》记载,绍兴年间,有一官员到镇江焦山,在风月亭上题诗曰:"风来松顶清难立,月到波心淡欲沉。会得松风元物外,始知江月似吾心。"读到这首诗的游人,莫不称赏。唯有月庵善果禅师行脚到此,看了此诗后说道:"诗好则好,只是无眼目。"同坐者说:"哪里是无眼目处?"善果说:"小僧与伊改两字,即见眼目。"同坐问:"改甚字?"善果说:"何不道:'会得松风非物外,始知江月即吾心。'"同坐者大为叹服。善果(1079—1152),号月庵,信州铅山人。他是开福道宁禅师的法嗣,属临济宗杨岐派南岳下十四世,晚年住持潭州大沩山。

善果禅师只将官员原诗的两个字"元""似"改为"非""即",便顿见精彩。那么,改后的诗"眼目"到底在哪里呢?下面试分析改前改后的诗意。

官员原诗的头两句扣合"风月亭",即景着题,写山上的松风与江中的水月。风是掠过"松顶"的风,仿佛带着青松清爽的气息,故曰"清";月是落到"波心"的月,仿佛带着江水澄澹的色彩,故曰"淡"。而山风虽清,却难久立松顶;江月虽淡,却将沉入波底。简言之,风与月皆虚幻空无,不可凭依。

原诗的后两句,承接"难立"和"欲沉"的思路,视松风为"元物外"的虚无,视波月为"似吾心"的幻影。既然风在物外,而与我无关,月似吾心,而实非吾心,那么,听风观月便不必过于执着,耳得之而为声,目遇之而成色,只需获得"清"与"淡"的审美享受,何必在意其虚幻空无的属性。这是官员原诗的意旨,明显受到般若空观的影响。

善果禅师对后两句只改动两个字,就完全颠覆了原诗的观念。松风不在物外,与波月一样,就是"吾心"。松风之"清"与波月之"淡",即吾心之"清淡",是吾心的象征。这样一来,无论风之"难立"还是月之"欲沉",都不必介意,因为二者既是"吾心",便有了澄明恒定的性质。改动后的诗,表达了"唯识无境"的观念,所谓松风波月的外境,无一不是我心识的产物。善果的改动,就禅理而言,变"万法皆空"的空宗为"万法唯识"的有宗,将"吾心"提升为万法的主宰,突出自我的主体性。就诗意而言,变旷达为坚守,变超然物外的无我之境为"万物皆着我之色彩"的有我之境。这种自我的主体性,就是善果所说的"见眼目"处,它隐含着禅宗自我完善的心性哲学。由原诗的"无眼目"而改为"见眼目",这就是诗家、禅家常说的"点化"或"点铁成金"。

　　道融在记载了月庵善果改诗的故事后评价道:"做工夫眼开底人,见处自是别。况月庵平昔不曾习诗,而能点化如此,岂非龙王得一滴水能兴云起雾者耶?兄弟家行脚,当辨衣单下本分事,不在攻外学,久久眼开,自然点出诸佛眼睛,况世间文字乎?"(《丛林盛事》卷上)也就是说,由于善果平日参禅下工夫,见解不同一般,所以他虽然不曾习诗,却能于诗中点出"诸佛眼睛"。由此可知,诗歌语言上"点铁成金"的奇异效果,乃是来自禅学修行上"做工夫眼开"的卓越见识。

佳人玉笛

赵州勘婆话颂

释 贤

冰雪佳人貌最奇,常将玉笛向人吹。
曲中无限华心动,独许东君第一枝。

——《五灯会元》卷十八

南宋前期的贤禅师(生卒年不详),号在庵,住持温州龙鸣寺。他是心闻昙贲禅师的法嗣,属临济宗黄龙派南岳下十七世。这是一首颂古,所颂公案为"赵州勘婆话"。《景德传灯录》卷十赵州观音院从谂禅师章:"有僧游五台,问一婆子云:'台山路向什么处去?'婆子云:'蓦直去。'僧便去,婆子云:'又恁么去也。'其僧举似师,师云:'待我去勘破遮婆子。'师至明日便去,问:'台山路向什么处去?'婆子云:'蓦直去。'师便去,婆子云:'又恁么去也。'师归院,谓僧云:'我为汝勘破遮婆子了也。'"蓦直,即径直,笔直。恁么,即这么,这样。勘破,即看破,看穿。这个公案非常有名,不少宋代禅师为之作颂,《禅宗颂古联珠通集》卷十八,收"赵州勘婆话"颂古七十二首,足见其在南宋禅门受重视的程度。不过,奇怪的是,《通集》独独未收在庵贤禅师这首颂古,令人感到意外。

表面看来,在庵贤禅师这首颂是赞美佳人吹玉笛之事,与赵州勘婆完全无关。那么,为什么颂这则禅宗公案要用如此缘情绮靡的语言呢?让我们先看看公案里隐藏的禅理吧。

僧人云游五台山,问路于婆子。"路"有两重意义,一是表层的寻常世间之路,二是深层的禅道出世间之路。台山婆子应是颇有道行的禅者,其答语"蓦直去",意在告诉僧人参禅问道应直截根源,明心见性,不须旁骛。僧人未明其深意,只是沿路径直向前走。于是婆子感叹"又怎么去也",表示遗憾。僧人不明就里,便将一段对答举给赵州和尚听。赵州决定前去亲自勘验婆子的虚实。赵州和婆子之间的问答,与前面游方僧人所经历的如出一辙,然而赵州在现场却立即领悟了婆子"蓦直去""又怎么去也"两句话头的双关意义。婆子设置的玄关被打破,一切就这么简单明白,所谓"蓦直去",就是禅林古往今来坦然平直的参禅方式。赵州和尚常与僧人讨论三祖僧璨《信心铭》中"至道无难,唯嫌拣择,但莫憎爱,洞然明白"几句话(《古尊宿语录》卷十三《赵州真际禅师语录》)。僧人所问的"路"略同于"至道",婆子回答"蓦直去",相当于说"至道无难",只管直走就行。僧人的直行,却是对婆子回答进行"拣择"后的结果。而赵州的勘破,无非是回到无拣择的"洞然明白"的境界。

再来看在庵贤禅师的偈,"冰雪佳人貌最奇,常将玉笛向人吹",以佳人吹玉笛比喻台山婆子为僧人指参禅之路。婆子,意为老太婆,以佳人喻之,看来似乎有点不伦不类。但此处的赞美乃是从禅宗的角度,在参禅者眼里,婆子"蓦直去"的回答颇切合禅理,境界高明,就好比孤傲高洁的冷美人,拈出玉笛向人吹奏。此冰雪佳人所吹的曲调极为优美,"曲中无限华心动",能让无限花心为之颤动,但此玉笛声却"独许东君第一枝",它心许的只有高洁的梅花。"东君第一枝"犹言"东风第一枝",是宋人对梅花的专称,北宋吕渭老曾创作《东风第一枝》词调以咏梅。这里比喻的是,台山婆子"蓦直去"的回答中虽包含无限禅意,但只有赵州和尚才能领略其中的道理,才是婆子"玉笛"的真正知音。可以想象,婆子不知遇到过多少问路的僧人,但直到赵州和尚才第一个勘破了她的禅关,才第一个明白"蓦直去"中包含的"至道无难"的哲理。

佳人、玉笛、梅花的意象，分别代指婆子、话头、赵州，而梅花在玉笛声中开放，正可象征赵州对婆子禅关的勘破识透，在庵贤禅师这首偈或许可以作这样的理解吧。

石床安眠

题 枕 屏

释 因

从教世道自炎凉,落得安眠旧石床。
眼合眼开俱是梦,晚风商略桂花香。

——《重刊贞和类聚祖苑联芳集》卷八

唐代僧人的山居乐道歌常常描写枕卧石床的快乐自在,如寒山诗:"细草作卧褥,青天为被盖。快活枕石头,天地任变改。"(《寒山诗》)南岳懒瓒和尚歌:"山云当幕,夜月为钩。卧藤萝下,块石枕头。"(《景德传灯录》卷三十)敦煌卷子《山僧歌》:"问曰居山何似好?起时日高睡时早。……卧崖龛,石枕脑,一抱乱草为衣袄。"(斯5692)在山中的石床上高卧,安闲而无心,自然而惬意,代表一种与世无争的生活。宋代的云岩因禅师这首《题枕屏》,虽然也写山居石床安眠,但重点却不在于乐道快活,而在于表现自己所体悟的禅理。云岩因禅师，嗣法于草堂善清，属临济宗黄龙派南岳下十四世，生平未详。《禅宗颂古联珠通集》收其颂十三首。

诗偈的头两句"从教世道自炎凉，落得安眠旧石床"，是说任随世道变化，人情炎凉，都不要去管他，落得清闲，在自己睡惯了的石床上恣意安眠。这种说法跟寒山诗"快活枕石头，天地任变改"如出一辙。值得注意的是，从佛教话语系统看，"安眠"二字最早出自《杂阿含经》卷三十九："尔时世尊作是念：'恶魔波旬，欲作娆乱。'即说偈言：'爱网故染着，无爱谁持去？一切有余尽，唯佛得安眠。汝恶魔波旬，于此何所说？'"安眠是僧人去除烦恼娆乱的一种理想状态，真正能做到"落得安眠"，就距离成佛不远了。吴曾《能改斋漫录》卷六《烦恼睡蛇》："东坡《石台长老胁不至席二十年赠诗》云：'谁信吾师非不睡，睡蛇已死得安眠。'按《遗教经》：'烦恼毒蛇，睡在汝心。睡蛇既出，乃可安眠。'坡取此。"无论如何，在云岩因这首诗偈里，"安眠"二字不同于一般世俗的熟睡，而带有解脱爱染、去除烦恼、一切放下的佛教意味。

然而，诗偈真正要表现的主题在后两句，"眼合眼开俱是梦，晚风商略桂花香"。延寿禅师《宗镜录》卷二曰："且如即今有漏之身，夜皆有梦。梦中所见好恶境界，忧喜宛然。觉来床上安眠，何曾是实？并是梦中意识思想所为。则可比知，觉时所见之事，皆如梦中无实。"诗僧惠洪改造此意为"开睫之梦"，如其《大雪晚睡梦李德修插琼花一枝与语甚久既觉作此诗时在洞山》："人生孰非梦，安有昏旦异。心知目所见，历历皆虚伪。他日或相逢，何殊开睫寐。"（《石门文字禅》卷一）又如《廓然再和复答之六首》之五："湖山昔梦虽非实，开睫今游未必真。"（同上卷十一）再如《梦蝶斋铭》："纷纷万绪，成我日用。睨而视之，开睫之梦。"（同上卷二十）云岩因是惠洪的法侄，同属临济宗黄龙派，此处"眼合眼开俱是梦"，应该接受了惠洪的说法。既然开眼合眼都是梦，那么也就不必计较"炎"与"凉"的区别、烦恼与安眠的区别。明白这一点，则晚风送来阵阵桂花香，无不是禅。商略，意为商量。此将晚风作拟人化描写，一旦禅僧觉悟到"人生孰非梦"之后，仿佛晚风桂花也前来为之助兴。"晚风"与"香"的字眼，很容易让人想起法眼禅师咏牡丹偈"馨香逐晚风"的句子。而"桂花香"的意象，则很容易使人联想起黄山谷问道于祖心禅师的公案，祖心问孔子所说"吾无隐乎尔"是什么意思，山谷解释再三，祖心都说："不是，不是。"山谷迷闷不已。一日，陪祖心山行，时值岩桂盛放，祖心问："闻木犀花香么？"答曰："闻。"祖心曰："吾无隐乎尔。"于是山谷豁然大悟（见《罗湖野录》卷一)。而云岩因禅师,正是祖心的法孙,木犀花(即桂花)香的公案他应该知道。

这首诗偈在传统乐道歌快活安眠的基础上,加进了佛教关于梦境和觉悟的讨论,吸收了宋代禅宗新经典(含语典和事典)的内容。诗偈虽名为"题枕屏",却并非咏物诗,而是由枕而及眠,由眠而及梦,由梦而及悟,采用了一条演绎性的写作思路。

不涉丝机

纸　　帐

释行持

不犯条丝不涉机，细揉霜楮净相宜。
半轩秋月难分夜，一榻寒云未散时。
睡去浩然忘混沌，坐来虚白称无为。
绵绵不许纤尘入，任汝风从八面吹。

——《云卧纪谈》卷上

雪窦行持禅师（生卒年不详），号牧庵，明州人，俗姓卢氏。他是象田梵卿的法嗣，东林常总的法孙，属临济宗黄龙派南岳下十四世。《云卧纪谈》称他"平居偈颂，冲口而成"，但这些偈颂并非如一般禅僧所写那样质木无文，鄙俚粗野，而是讲究诗歌的平仄格律，形象思维。比如这首《纸帐》诗，就能通过准确的描写和巧妙的双关，借咏物而说禅，有一定的文学价值。

纸帐，是用藤皮茧纸缝制成的帐子，以绨布为顶，取其透气。晚唐诗僧齐己的《夏日草堂作》,就写过"纸帐卷空床"的僧人生活。作为一首咏物诗,行持禅师则专门围绕着"纸帐"这种僧人的日常生活道具来反复铺写,处处"着题"。

首联"不犯条丝不涉机"二句,是说纸帐的制造,没有用一条丝线,也没有用织布机,完全是由雪白的楮皮揉制而成,如此干净而适宜。这里使用了双关的修辞手法,"条丝"相当于"寸丝",极言丝线之少。"不犯条丝"略等于"不挂条丝"或是"寸丝不挂",指不受任何羁绊缠缚。《联灯会要》卷十三浮山法远禅师章:"云:'如何是清净法身?'师云:'条丝不挂。'"真正的"清净法身",是精神上的"赤条条来去无牵挂"。"机"本指织布机,但也双关禅门的机缘、机锋。《联灯会要》卷二十一雪峰义存禅师:"师问僧:'名什么?'云:'玄机。'师云:'日织多少?'云:'寸丝不挂。'"楮,是一种树木,其皮可造纸。霜楮,形容洁白的纸质。所以,首联是赞扬纸帐摆脱条丝织机的滞累,其质地雪白洁净。

颔联"半轩秋月难分夜"二句,是写纸帐的功用。每当秋月临轩的半夜,或是寒云未散的时分,僧人便进入纸帐坐卧。"半轩""一榻"写纸帐置放之处。但这两句也可理解为:纸帐如映照半扇轩窗的秋月,或如飘在一张卧榻上的白云。月和云渲染其洁白而柔软的质感。

颈联"睡去浩然忘混沌"二句,是写僧人在纸帐内卧睡和宴坐的情形。上句形容入睡后懵懂迷糊的状态,帐内仿佛充塞着一片混沌不分的浩气。"浩然"二字出自《孟子·公孙丑上》:"我善养吾浩然之气。"这是借用儒家之语。下句形容宴坐时清静无为的心境,帐内仿佛一切东西都消失干净,只剩空无。"虚白"二字出自《庄子·人间世》"虚室生白,吉祥止止"。《释文》引司马彪云:"室,喻心,心能空虚,则纯白独生也。"这是借用道家之语。纸帐洁白而帐内空虚,所以戏称"虚白",双关心境。

尾联"绵绵不许纤尘入"二句,写纸帐能阻挡外界的尘埃进入,保持其内在的洁净。绵绵,安静貌,形容纸帐的沉静。任凭八面来风,丝毫尘埃也不许其侵漏进来。这与其说是在歌咏纸帐,毋宁说是借咏物而言志,表达断绝外在六尘境界的决心。

通身是口

风　铃

释如净

通身是口挂虚空，不管东西南北风。
一等与渠谈般若，滴丁东了滴丁东。

——《如净和尚语录》卷下

如净禅师（生卒年不详），字长翁，幼年聪慧，不类常童，奇逸有远大志。年长出家，在雪窦山跟从足庵智鉴禅师参禅，看"庭前柏树子"话有省，获智鉴禅师印可，为其法嗣，属曹洞宗青原下十六世。晚年奉敕住持明州天童山景德寺，有《天童如净禅师语录》二卷，《续录》一卷。

如净这首偈是一首咏物诗。风铃，又称风瓯，佛寺中常挂于塔檐殿角，因风摇荡而发出声音。偈的头两句，是说风铃挂在虚空中，如同通身有口，不管风从东南西北哪一方吹来，它都能不断地发声。"通身有口"

在禅门中用以形容能言善辩,只是这种辩才面对"佛法大意"往往是无能为力的,如圆悟克勤禅师上堂说:"通身是眼见不及,通身是耳闻不彻,通身是口说不着,通身是心鉴不出。"(《圆悟佛果禅师语录》卷一)不过,风铃的"通身是口"却与一般能言善辩的禅师不同,这是因为它"挂虚空"的性质所决定的,而使它发出声响的风本身,也是由虚空产生,无法扪摸捕捉。这两句中的"虚空"和"东西南北风",显然是化用了《杂阿含经》卷十七所载世尊的偈语:"譬如虚空中,种种狂风起,东西南北风,四维亦如是。"同时《大品般若经》中著名的"大乘十喻"就有诸法"如虚空"之喻,而禅宗尊奉的《金刚般若经》也有所谓"凡所有相,皆是虚妄"的说法。因此,偈句称风铃挂在"虚空",而不说挂在塔檐下,自然就具有了展示般若性空的象征意义。

接下来"一等与渠谈般若"的"一等",意为一样。"渠",意为他,代指风铃。风铃在虚空中作响,相当于"通身有口"在说法。而它所说的无非是般若性空的内容,正如它在虚空中显示的那样,其声响乃是与东西南北风的因缘和合而产生,本身是虚而不实的。"滴丁东了滴丁东",这句摹状风铃之语,只是丁丁东东一阵乱响,尽管清脆玲珑,却并无意义。而这无意义的"滴丁东",正是"与渠谈般若"的内容。

尾句这种象声表现手法,很容易使我们想起苏轼《大风留金山两日》诗:"塔上一铃独自语,明日颠风当断渡。"查慎行《苏诗补注》曰:"塔铃语:《晋佛图澄外传》:'石宣与佛图澄同坐,浮图一铃独鸣,澄听铃音以言事,无不效验。'按:'明日颠风当断渡'一句,即铃音也。"清严元照《蕙榜杂记》:"抱经先生曰:'颠风句,曼声读之,便肖铃声。'竹汀先生曰:'颠、当、断、渡皆双声字。颠、当同端母,断、渡同定母。'"与此相似,"滴丁东"三字也声母相同,皆为端母字,曼声读之,便像风铃声。

如净这首偈的立意很可能"夺胎换骨"于苏轼诗句,但必须指出的是,苏轼所写塔铃语,是有意义的声音,是塔铃对明日大风所作的预报——"明日颠风当断渡";而如净所写风铃语,却是无意义的声音,仅仅是纯粹的摹状铃声的一串双声字而已,与苏诗大异其趣。但这无意义的声音,也许正是般若性空的表现,即所谓"说而无说,无说之说,是真说法具足者"(宋释子璿《金刚经纂要刊定记》卷三)。换言之,风铃以其"滴丁东"的声音,以"说而无说"的方式,传达出般若性空的真理,而以"了"字串联"滴丁东",更具有终结了悟的色彩。

大千一镜

镜

释　鉴

大千都是一菱花，彻底灵明绝点瑕。
千眼大悲看不破，海天空阔夕阳斜。

——《重刊贞和类聚祖苑联芳集》卷八

鉴禅师（生卒年不详），号绝照，福州人。初住福州乾元寺，佛生日时上堂，念四句："老鼠虽无三寸光，遍天遍地起灾殃。命根落在乾元手，消得当头一杓汤。"由此而名播丛林。后迁鼓山，学者云集。其事见《枯崖漫录》。

这首咏镜子的诗，也是通过咏物而说禅。由于镜子是众多佛经中常见的意象，因此咏镜更容易引起佛教方面的联想。首句"大千都是一菱花"，菱花是镜的美称，意谓整个大千世界就是一面菱花镜。这个句式模仿佛印了元禅师的"大千都是一禅床"（见《禅林僧宝传》卷二十九），佛印是戏谑世界都是他的坐榻，此处乃是极力夸张大千世界的澄明性，如同镜子一般。因此次句"彻底灵明绝点瑕"，既是描写此镜子的性质，又是说明大千世界的性质。在览镜者眼中，镜子是如此透明，毫无一点遮蔽；在参禅者眼中，大千是彻底灵明，绝无点一瑕疵。之所以能有如此的观照，乃在于人的心灵的澄澈空明，如《楞严经》卷九世尊所说："彼善男子修三摩提奢摩他中，色阴尽者见诸佛心，如明镜中显现其像。"也如雪峰义存禅师所说："要会此事，犹如古镜当台，胡来胡现，汉来汉现。"（《景德传灯录》卷十八）尽管神秀禅师的偈语"心如明镜台"，被六祖慧能翻案为"明镜亦非台"，但实际上"心如明镜""拂拭尘埃"仍是参禅者追求的心性境界。正如白居易《八渐偈》之五《明》曰："定慧相合，合而后明。照彼万物，物无遁形。如大圆镜，有应无情。"参禅者做到禅定和智慧相结合，心便如明镜，能照透万物，照透大千世界。谢逸在《林间录序》中称赞惠洪"心如明镜，遇物便了"，便是对如镜一般"彻底灵明"的心性的肯定。

再看诗的后两句，"千眼大悲看不破，海天空阔夕阳斜"。观音菩萨，号大悲菩萨，有千手千眼。这里的"千眼大悲"并非实指，而只是极力夸张眼睛之多。《白云守端禅师语录》卷下："须弥山，塞宇宙，千眼大悲看不透。"《开福道宁禅师语录》卷上:"几回抛向众人前,千眼大悲觑不见。"因此这句诗是说,即使大悲菩萨千只眼睛看不破的世界,在此菱花古镜面前皆一览无遗。因为这镜子本就是空明的,本就是大千世界,本就是自性佛心,没有正面背面,它"胡来胡现,汉来汉现"。那空阔的海洋和天空,那西斜的夕阳,莫不是菱花古镜显现的大千世界,任有千只眼睛,怎能比得上它的彻底灵明,绝无点瑕?

最后一句"海天空阔夕阳斜",与前三句的说理不同,只有意象的呈现,而无尽的佛理禅意皆包蕴其中,给人极大的阐释空间和回味余地。顺便说,禅师的法名和法号"绝照鉴"三字,正是对此菱花古镜的极佳阐释。

犹在半途

因　雪

释守端

琼花一夜满空山，天晓皆言好雪寒。
片片纵饶知落处，奈缘犹在半途间。

——《白云守端禅师广录》卷三

北宋临济宗杨岐派禅师中，白云守端的诗颇有特色，他的《蝇子透窗》《子规》《法华山居十首》等，都称得上是佳作。这首《因雪》是一首咏物诗，也如《蝇子透窗》一样借物喻人，充满禅思哲理。

白雪，皎洁晶莹，既可象征灵台的纯洁无染；茫茫一片，又可象征万法的空无寂灭。守端这首诗以雪拟人，又开出咏雪的新境界。"琼花一夜满空山，天晓皆言好雪寒"，琼花，雪花的美称，形容其如美玉般玲珑莹澈。空山，空无人迹的山林，这是禅院之所在。这两句是写景，从"一夜"写到"天晓"的过程，一夜大雪之后,空山银装素裹,如琼花遍满,人人皆称道如此好雪,如此高寒。从后两句反回来看,这前两句其实暗含比喻,以雪满空山、人皆称赞隐喻禅僧修行的境界,既高洁又空寂。

后两句写雪花飞落的情况,"片片纵饶知落处,奈缘犹在半途间"。表面上看,这仍是在咏物,继续描摹雪花的状态,但其句式却显然带有议论的意味,表达的哲理呼之欲出。何以言之?"纵饶",连词,意谓纵然,即使,与"犹在"组合成上下关联的句子。"奈缘",犹怎奈,表示惋惜意。两句是说:片片雪花即使知道该落到何处,怎奈其体态轻盈,还在半空飘来飘去,总落不到目的地。合前两句来看,整首诗似乎由庞居士一段公案演绎而成。唐于頔编《庞居士语录》卷上:"士(庞居士)乃指空中雪曰:'好雪片片,不落别处。'有全禅客曰:'落在甚处?'士遂与一掌。"守端的法孙圆悟克勤便在《碧岩录》中评唱过"庞居士好雪片片"公案(见卷五第四十二则)。

守端不关心庞居士公案中"落在甚处"的问题,却假设即使雪片知道当落之处,仍然避免不了因轻浮而落不到地的尴尬。这里最值得注意的是"在半途"三字,这是禅门语录中常见的成语,意思是工夫不到家,理解不到位,或是觉悟不彻底,即所谓"一知半解之悟"。

《云门匡真禅师广录》卷中:"西天二十八祖、唐土六祖、天下老和尚,总在拄杖头上。直饶会得倜傥分明,只在半途。若不放过,尽是野狐精。"同卷又载:"举盘山语云:'光境俱忘,复是何物?'师云:'直饶与么道,犹在半途,未是透脱一路。'"白云守端自己与禅僧答话,也曾用"在半途"之语,如《白云守端禅师语录》卷二:"僧云:'啰逻哩,啰逻哩。'师云:'犹在半途。'"同卷又载:"僧云:'却请和尚道。'师云:'恁么禅客,且在半途。'"

　　正因为"在半途"三字的出现,这首咏雪诗变成了谈禅诗,语气也由歌颂变成了批评,前面称赞的"好雪寒",好高洁高寒的境界,最终却依然不过是"在半途"而已。因此,这首诗不仅由咏雪而至谈禅,并且由谈禅而至告诫,即告诫禅僧须知向上一路,切勿落在半途中,修行而不懈怠,觉悟定须彻底,方能透脱。

白牛难觅

因雪有颂

释道楷

寒云拥出玉花飞,沟壑平盈客路迷。
露地白牛何处觅,牧童空把铁鞭归。

——《续刊古尊宿语要》第二集《芙蓉楷禅师语》

芙蓉道楷这首诗颂也是因雪而引发出来的,不过其中所寓的禅理却大不相同。道楷(1043—1118)嗣法于投子义青禅师,传曹洞禅法。宋徽宗崇宁三年(1104),诏住东京十方净因院;大观元年(1107),诏移住东京天宁,差中使押入,不许辞免,赐紫伽黎,号定照禅师。道楷焚香谢恩罢,上表辞之,坚确不受,触怒徽宗皇帝,下开封府狱,流放淄州。后庵于芙蓉湖心。道楷不畏皇威、坚守行道的精神,很受当时僧俗的崇敬,在其精神的感召下,曹洞宗在北宋末有复兴之势。道楷的诗偈数量很少,这首咏雪的诗颂可算作他的代表作。

如同守端的《因雪》一样，道楷这首头两句也是描绘雪景，其中很可能也暗含比喻，毕竟禅师不同于吟风弄月的诗人，风月中多少会寄寓一些参禅心得，而借雪谈禅乃是最常见的说理手段之一。寒云如同仪仗队一般，簇拥着满天飞舞的玉花，声势浩大地降临人间。很快，地上的沟壑被填平，高低深浅，浑然莫辨，道路和堑坑毫无区别，如何迈步？天地之间，变成白茫茫的一片，雪色模糊了行客的眼睛，路在何方？这"客路迷"三字，正象征着参禅者（禅客）心性的迷失。大千世界，万象纷纷然然；佛门宗派，禅道林林总总。根机浅者，初入门者，少不得一个"迷"字。

参禅入道，正是为了解决"客路迷"的问题。道楷诗颂的后两句引入禅家"牧牛"主题以咏雪。禅宗普遍认为，人的心性如同一头水牯牛，常会在欲念的驱使下迷路犯戒，即所谓"落路入草""犯人苗稼"。那么这就需要像牧牛一般调伏心性，不断地鞭挞调伏，使之最终变作个露地白牛，纯熟伏贴。"露地白牛"的典故出自《法华经·譬喻品》，以立于门外露地上的大白牛车比喻大乘佛法。福州大安禅师借用"露地白牛"比喻调伏纯熟的心性，不受外在欲念干扰。在一片白雪茫茫之中，露地白牛完全不见踪影，牧童寻觅不得。很显然，这白牛已调伏成纯然白色，无一丝杂质，才能与白雪融为一体。可见，露地白牛无处觅，正说明其心性已达到明白纯净的境界，再也不需要像牧童那样鞭挞调伏。牛和雪，心性和禅修，在洁白纯净方面相交融，形成了修辞上的双关，颇有谐趣。

由此看来，这首诗颂前两句咏雪暗示参禅之"迷"，后两句咏雪指出向上一路之"悟"。"空把铁鞭归"的牧童并非因为迷失，而是已经完成了任务。换言之，若是心性之牛已如白雪一般纯洁，何须再用铁鞭的重笞。

玉屑落眼

雪中和僧偈

释慧空

盖覆乾坤似有功，洞然明白又无踪。
其如未识无踪处，玉屑霏霏落眼中。

——《罗湖野录》卷下

这首诗偈又见于《雪峰空和尚外集》，题为《和慧知微雪韵》，文字稍异，"盖覆"作"覆盖"，"又"作"却"，"处"作"意"，"玉屑"作"屑玉"。慧空禅师（1096—1158），福州人，俗姓陈氏。参谒草堂善清禅师，契而得悟，后开法于福州雪峰东山，属临济宗黄龙派南岳下十四世。南宋诗人曾幾有诗赠给他："江西句法空公得，一向逃禅挽不回。深密伽陀妙天下，无人知道派中来。"（《罗湖野录》卷下）称赞他得到"江西"（代指黄庭坚）的句法，能写出禅意深密的"伽陀（诗偈）"，可惜无人知道他诗偈的渊源是从江西宗派中来。这首《雪中和僧偈》就是其"伽陀妙天下"的明证。

什么是"江西句法"呢？黄庭坚在《答洪驹父书》中说："古之能为文章者，真能陶冶万物，虽取古人之陈言入于翰墨，如灵丹一粒，点铁成金也。"慧空这首咏雪诗，就实践了这一诗法，即把古人的陈言嵌入自己的诗偈，点铁成金，成为自己诗偈的有机组成部分。先看偈的头两句，"盖覆乾坤似有功，洞然明白又无踪"，从字面意义上看，第一句写大雪茫茫覆盖乾坤，所谓瑞雪兆丰年，故于生民似有大功，第二句写白雪皑皑，天地一片光明透亮，但细看又空无踪迹。然而，这里所用的词语，皆有禅籍的出处。"盖覆乾坤"或作"覆盖乾坤"，《景德传灯录》卷二十九漳州罗汉桂琛和尚《明道颂》曰："拶破面门，覆盖乾坤。快须荐取，脱却根尘。"《古尊宿语录》卷十二《衢州子湖山第一代神力禅师语录》："尽被汝盖覆乾坤，尽被汝自由自在，皎皎明白，何劳汝上来下去。"云门宗三句中亦有"函盖乾坤句"。至于"洞然明白"，出自三祖僧璨大师《信心铭》："至道无难，唯嫌拣择。但莫憎爱，洞然明白。"更是禅宗的经典言句。《人天眼目》卷二："圆悟曰：'本真本空，一色一味，非无妙体，不在跻蹰，洞然明白，则函盖乾坤也。'"所以，头两句咏雪，处处双关禅理，双关一色一味、囊括乾坤的佛法，双关本真本空、简易明白的"至道"。需要注意的是"又无踪"三字,这是理解诗偈的关键。在禅宗看来,佛法禅理的真谛是"实相无相,微妙法门",所谓"不涉理路,不落言筌",所谓"如羚羊挂角,无迹可求"。参禅须得体悟白雪无踪的妙谛。

再看后两句,"其如未识无踪处,玉屑霏霏落眼中"。"其如",意为怎奈,无奈。两句是说:怎奈没有意识到雪花无踪的妙处,致使雪花飘过就如玉屑霏霏一样,蒙蔽了眼睛。在禅宗的话语中,有个著名的比喻,叫做"金屑虽贵,落眼成翳"。金屑比喻佛经文字义理。禅宗主张"不立文字,教外别传",所以把佛经教义比作落在眼中的金屑,不仅不能体现其价值,反而成了造成眼病的罪魁。《景德传灯录》卷七兴善惟宽禅师:"师曰:'如人眼睛上,一物不可住。金屑虽珍宝,在眼亦为病。'"《镇州临济慧照禅师语录》:"侍云:'金屑虽贵,落眼成翳,又作么生?'师云:'将为尔是个俗汉。'"慧空禅师用白色的玉屑来比喻雪花,而明眼人都可看出,这里的"玉屑"是对"金屑"的点化改写,也使用了黄庭坚的"点铁成金"法。"霏霏落眼"的"玉屑"虽然轻柔,但仍会"成翳""为病",与"金屑"并无二致。慧空就这样用"玉屑落眼"的形象把咏雪和谈禅的主题串接起来。

综合整首诗四句来看,咏雪所寓的禅理大致应是:

佛法函盖乾坤,周遍世界,洞然了达,简易明白,然而其一切皆归于"无"。若不识"无"的妙谛,则佛法本身也会成为眼里的病翳,即觉悟的障碍。这也许正是慧空"深密伽陀妙天下"的表现吧。

重罗打透

麦

释如琰

大野风翻麦正秋,须知粒粒有来由。
重罗打透工夫到,见面一回方始休。

——《重刊贞和类聚祖苑联芳集》卷二

如琰禅师(1151—1225),宁海人,俗姓国氏,一作周氏。得法于佛照德光禅师,属临济宗杨岐派南岳下十七世。晚住径山,赐号佛心禅师。禅林推敬他,认为浙中尊宿独有此翁,因此共称他为"浙翁"。洪咨夔《平斋文集》卷三十一《佛心禅师塔铭》载其事。

这首《麦》诗是借咏物以说禅。"大野风翻麦正秋",写景入题,大全景式的描写,广阔的原野远风掠过,金黄色的麦田如波浪翻滚,收获的季节到了。麦子在夏季成熟收割,如其他谷物的秋收,故称"麦秋"。"须知粒粒有来由",这句诗使我们联想起唐人李绅《悯农》诗

"谁知盘中餐,粒粒皆辛苦"的句子,要知道每一粒麦子的成熟都有其缘由,它都包含着劳动者的辛勤汗水。宋释允堪撰《新受戒比丘六念五观法》中载"食时五观法",第一条就是"计功多少,量彼来处",要求和尚吃饭时要体谅粮食来之不易:"《僧祇》云:'告诸比丘,计此一粒米,用百功乃成。'"黄庭坚曾仿照释氏法作《士大夫食时五观》,与此相同。

当然,这首咏物诗并不是"悯农"诗,其目的乃在于借咏麦来比喻禅人的修行,所以诗的重点在后两句"重罗打透工夫到,见面一回方始休"。重罗,指筛面粉的细罗筛,同时又双关重重罗网。诗句表面是说,麦子须要用重罗细筛,经多道工序,费尽工夫,直到见到面粉方告一段落。见面的"面"谐音面粉的"面"(麵)。但这两句是真正的含义却是关于参禅修行的讨论。这是因为诗中的词语明显带有禅宗语言的痕迹,如"打透",禅宗常用来形容打破禅关,如《建中靖国续灯录》卷十一杭州临平胜因资禅师:"若据祖师正令,拟议千差,直须打透金锁玄关,一任纵横妙用。"《嘉泰普灯录》卷七筠州黄檗泉禅师:"一槌打透无尽藏,一切珍宝吾皆有。"又如"工夫到",《圆悟佛果禅师语录》卷十六:"自见工夫到下梢结角头,自然如悬崖撒手,岂不快哉!"就连"方始休"也是禅宗常用语,《景德传灯录》卷二十九龙牙和尚居遁颂十八首之五:"虽然旧阁于空地,一度赢来方始休。"

那么,"重罗"二句到底双关的是什么禅理呢?《人天眼目》卷一《克符颂》末二句:"觌面无回互,还应滞网罗。"大慧宗杲解释说:"大意只是不可思量拟议。思量拟议,学人蹉却觌面相呈一着,则被语言罗网矣。"蹉却,指失去机会。觌面,指见面。宗杲的意思是不要思索考虑,如果错过直接见面的机会,那么就会落入语言的罗网。所以如琰这首诗在"重罗打透工夫到"之后,特意补上"见面一回方始休"一句,就是说参禅必须用足工夫,在透过语言的重重罗网之后,直到"见面一回"(即觌面相呈)、当下体悟的境界,才能真正得到休歇。如琰是宗杲的法孙,应该继承了其师祖的禅观。

这首诗运用"罗"和"面"的双关性,即筛罗与网罗、面(麵)粉与面容的双关性,借劳动的付出赞颂修行的工夫,借麦的收获季赞颂禅的彻悟境界,语言和构思都很巧妙。

网迷活路

蜘　　蛛

释云岫

等闲逴得一丝头，便有经天纬地谋。
多少众生迷活路，抬头来结死冤仇。

——《新撰贞和分类古今尊宿偈颂集》卷下

云岫禅师（1242—1324），字云外，别号方岩，明州昌国县人，俗姓李氏。出家后师事直翁一举禅师，究明曹洞宗旨，尽其源底。属曹洞宗青原下十八世，为天童正觉五世法孙。据径山寺住持比丘文琇撰《天童云外禅师传》记载，曹洞宗赖云岫而流传，三韩（高丽）、日本诸禅师亦向风趋慕，足可见其在元代禅林的影响。今存《云外云岫禅师语录》一卷，《注宝镜三昧玄义》一卷。

这首《蜘蛛》诗，又见于清释性音编《禅宗杂毒海》卷五，作者署名大光古，文字略异，"逴得"作"掉下","有"作"见","抬"作"撞","仇"作"雠"。

诗的头两句写蜘蛛结网,"等闲逴得一丝头,便有经天纬地谋"。等闲,意为轻易,随便。逴得,辞典未见解释,当为唐宋俗语,意为捉得,禅籍习用。如《大慧普觉禅师语录》卷十四:"自来又不曾听教,旋于座主处作短贩,逴得一言半句,狐媚聋俗。"《虚堂和尚语录》卷四:"蒲团上挨得一丝一线透,向言外一逴,逴得入手。"亦作"绰得",如《天圣广灯录》卷十四守廓上座:"绰得个语,便为极则,即到我剑利。"由此可见,《禅宗杂毒海》"逴得"作"掉下"是没有多少根据的。经天纬地,本形容具有治理天下的杰出才能,语本《左传·昭公二十八年》:"经天纬地曰文。"蛛网是由纵横之丝结构而成,纵丝曰经,横丝曰纬,仿佛也很有"文"的样子。这两句语含讽刺,嘲笑蜘蛛不经意间随便捉得一丝头,便开始纵横织网,竟然真把自己当成杰出人才,作经天纬地的伟大谋划,实在是自不量力。这当然是讽刺那些浅薄的参禅者,初入禅门,才得一知半解,便以为自己已大彻大悟,要引领禅宗发展的潮流,要谋划复兴禅宗的伟大事业。那些狂妄无知之徒,不就像蜘蛛结个网就想经天纬地一样可笑吗?

后两句是怜悯被迷惑的众生,死在蜘蛛网里,"多少众生迷活路,抬头来结死冤仇"。那些可怜的小虫,迷失道路，不走活路，偏走死路，一头撞进蛛网，惨遭缠缚，不幸身死，由此而与蜘蛛结下冤仇。在佛教看来，冤仇宜解不宜结，今生结下冤仇，来生再报冤仇，冤冤相报，无有尽时，从而难以跳出六道轮回的苦海。然而，这两句并非只怜悯蛛网里的众生。"活路"二字，在禅籍里面有特殊的含义，如《碧岩录》卷八第七十七则《云门糊饼》："莫作糊饼会，又不作超佛越祖会，便是活路也。"《大慧普觉禅师语录》卷二十三《示方机宜》："不作世谛流布，亦不作佛法理论，既不着此二边，须知自有一条活路。"可见，所谓"活路"就是禅宗主张的不执着于任何一方的灵活方式，通过不断地否定而获得活络自由的思路，即应机接物的一种"活泼泼"的态度。此外，"抬头"二字在禅籍里也有用于选择道路的，如《法眼禅师语录》卷中："一口吸尽西江水，洛阳牡丹新吐蕊。簸土扬尘勿处寻，抬头撞着自家底。"因此，这里的"众生"其实是双关那些愚钝的学者，很容易被那些号称"经天纬地"的禅师们所迷惑，执着于一种邪说，如小虫抬头撞入罗网，粘着于斯，受其缠缚，永远走不上解脱之路。

这首小诗，借咏蜘蛛讽刺了两种禅人，一种是编织邪禅之网者，另一种是粘着于邪禅之网者，都丢失了禅宗"须知自有一条活路"的自证自悟。

普门胜境

尤溪补陀岩

释慧空

岩下溪声倾法雨，岩头云树耸华冠。
游人不入普门境，只作青山绿水看。

——《雪峰空和尚外集》

这是一首纪游诗，但更像是一首宗教劝世诗。作者雪峰空和尚，即慧空禅师，嗣法于草堂善清，与江西派诗人曾幾多有唱酬，前文已作介绍。

福建尤溪县南宋时属南剑州，其地有一处名胜补陀岩。"补陀"二字，本为山名，又作补陀落迦、补怛洛迦，是梵文 Potalaka 的音译，也译作普陀洛迦，略称普陀。意译为光明山、海岛山、小花树山。在佛经里，补陀山是观世音菩萨的住处，在印度南海岸。东晋佛驮跋陀罗译《华严经·入法界品》曰："于此南方有山，名曰光明，彼有菩萨，名观世音。"受佛教影响，中国不少地方有普陀山、洛迦山、补陀岩、普陀岩之类的地名，或山形如观音像，或其地有观音道场，总之与观音信仰有关。尤溪的补陀岩亦当作如是观。

"岩下溪声倾法雨，岩头云树耸华冠"，这两句是写补陀岩的景色，岩下溪水淙淙，瀑流飞溅，仿佛甘霖倾泻，一片清凉；岩上树木高耸入云，开满鲜花，一片光明。慧空不是普通的游客，而是一个虔诚的佛教徒，所以来到这个名为"补陀岩"的地方，他马上联想到观世音菩萨宣说妙法的宗教场所。于是溪瀑飞溅的水滴，就幻化成滋润众生心灵的"法雨"；而入云高树上的鲜花，就幻化成菩萨头顶上华贵庄严的"华冠"。《法华经·普门品》称赞观世音菩萨"澍甘露法雨，灭除烦恼焰"，所以，诗中的"法雨"暗示观世音宣示的神通力，溪流倾泻的水珠，像法雨一样具有灭除烦恼烈焰的宗教意义。诗中的"华冠"也不是普通的树冠，而是佛书里描写菩萨头上饰物的词语，《佛祖统纪》卷三十八载北周宣帝大成元年（579）以"华冠璎珞作菩萨大士相"。因此诗句的意思是，云树上的花朵看起来就像菩萨头上高耸的"华冠"。而且因为柳暗花明的色彩常识，更容易让人联想到观世音菩萨居住的光明圣山，正如唐释法藏《华严经探玄记》曰："光明山者，彼山树花常有光明，表大悲光明普门示现。"如此一来，"溪声""云树"

就不是寻常的景物,而活脱脱就是能解除烦恼的普门胜境。

如何是"普门"呢?按照《法华经科注》卷八的说法,"普门即圆通门"。观世音菩萨示现三十三身,普使一切众生圆通于佛道。补陀岩的溪声、云树即可看作观世音菩萨的法界身。然而,这种"普门境"的妙处,却只有悟道的禅僧才能真正体会。一般来来往往的游人,虽游览了补陀岩,却只耽恋其风景,只把它当做"青山绿水"来看待。换言之,补陀岩的溪声云树对于普通游人来说,只具有"耳得之而为声,目遇之而成色"的审美价值。而对于沉浸于悟道冥想中的禅僧来说,进入"普门境"之后,则山水自然物无不具有喻示佛道的宗教意义,正如慧空的师祖黄龙祖心禅师所说:"离离春草,分明漏泄天机;历历杜鹃,尽是普门境界。"(《宝觉祖心禅师语录》)

同样的山水,对于"入"与"不入"的人来说,意义是完全不一样的。慧空的师叔青原惟信禅师有段名言:"老僧三十年前未参禅时,见山是山,见水是水。及至后来亲见知识,有个入处,见山不是山,见水不是水。而今得个休歇处,依前见山只是山,见水只是水。"(《嘉泰普灯录》卷六)一般未参禅的游人,不入普门境,只见到青山绿水。而"有个入处"的参禅者,见到的却是菩萨圆通的法界身,是倾泻的法雨和高耸的华冠。当然,慧空此诗尚未达到"得个休歇处"的第三境界,即放下一切宗教的移情,只对自然山水作出"即物即真"的体验。

图书在版编目(CIP)数据

禅诗精赏/周裕锴著.—上海:复旦大学出版社,2022.6(2022.11 重印)
ISBN 978-7-309-16109-0

Ⅰ.①禅… Ⅱ.①周… Ⅲ.①宗教文学—诗集—中国—当代 Ⅳ.①I227

中国版本图书馆 CIP 数据核字(2022)第 018666 号

禅诗精赏
周裕锴 著
责任编辑/王汝娟
题 签/卢康华
装帧设计/周伟伟

复旦大学出版社有限公司出版发行
上海市国权路 579 号 邮编:200433
网址:fupnet@fudanpress.com http://www.fudanpress.com
门市零售:86-21-65102580 团体订购:86-21-65104505
出版部电话:86-21-65642845
上海雅昌艺术印刷有限公司

开本 890×1240 1/32 印张 10.5 字数 177 千
2022 年 6 月第 1 版
2022 年 11 月第 1 版第 2 次印刷

ISBN 978-7-309-16109-0/I·1309
定价:65.00 元

如有印装质量问题,请向复旦大学出版社有限公司出版部调换。
版权所有 侵权必究